(日)夏目漱石 ◎ 著 澜昕 ◎ 译

草枕

中国华侨出版社
北 京

图书在版编目（CIP）数据

草枕／（日）夏目漱石著；澜昕译. —北京：中国华侨出版社，2018.5
ISBN 978-7-5113-7611-4

Ⅰ.①草… Ⅱ.①夏… ②澜… Ⅲ.①中篇小说—日本—现代 Ⅳ.①I313.45

中国版本图书馆 CIP 数据核字（2018）第 044022 号

草枕

著　　者／	（日）夏目漱石
译　　者／	澜　昕
策划编辑／	周耿茜
责任编辑／	高文喆　杨　宁
责任校对／	王京燕
封面设计／	顽童·大班
经　　销／	新华书店
开　　本／	880 毫米×1230 毫米　1/32　印张/7　字数/110 千字
印　　刷／	三河市华润印刷有限公司
版　　次／	2018 年 6 月第 1 版　2018 年 6 月第 1 次印刷
书　　号／	ISBN 978-7-5113-7611-4
定　　价／	29.80 元

中国华侨出版社　北京市朝阳区静安里 26 号通成达大厦 3 层　邮编：100028
法律顾问：陈鹰律师事务所
编辑部：（010）64443056　64443979
发行部：（010）64443051　传真：（010）64439708
网　　址：www.oveaschin.com
E-mail: oveaschin@sina.com

目录 Contents

一	二	三	四	五	六	七
001	017	033	053	073	090	107

十三	十二	十一	十	九	八
206	183	165	150	136	119

一

攀登的同时开始思考。

将才能都发挥出来，则会展现出个人的风采；以感情为依傍，则会和世俗同流合污；一意孤行，则会受到多方面的制约。总的来说，人世难居。

难居的程度越高，越想往安定的地方转移。当人们领会到走到哪里都一样难居时，诗和画便产生了。

神不能创造人世，鬼也不能，只有民生大众才能把人世创造出来。如果普通人创造出来的人世都难居，那么还能往哪搬呢？即便有也只能是非人之国，相比人世，非人之国应该更难以长久住下去吧。

人世难居又没有可以转移的地方，那就只能居住于此，并尽可能让自己过得舒适一点，以不枉此生。于是，诗人和画家就都有了任务，之所以人们对艺术之士这么尊敬，就是因为人世会因为他们而变得安静，人心会因为他们而变得丰盈起来。

诗、画、音乐，或者雕刻，把难居的忧愁从难居的人世清除出去，如实描写迷人的万千世界。详尽点来说，不写也无所谓。只要亲眼看到，诗或歌就能自然而然产生。即便想象没有用笔写出来，心中也会响起璆锵之音；即便丹青没有画出来，心中也会倒映出绚烂的色彩。我对我所居之世进行观察，将观察到的收获归于灵台方寸的镜头中，让浇季溷浊之俗界看上去更清亮，我的心愿也就达到了。所以无声之诗人可以一句之诗都没有，无色之画家可以尺幅之画都没有，也可以对人世进行观察，这样从烦恼中解脱出来，这样在清净之界来去自如，也可以像这样建立一个独特的世界,把所有私利私欲的牵绊都清除出去。——之所以和千金之子、万乘之君、所有俗界的幸运儿相比,他们都要幸福得多,就是源于这些方面。

在此世居住二十年以后,才明白此世自然有适合居住的地方,二十五年以后,才明白明暗就和表里一样,在太阳光的映照下,自然会出现影子。而三十年以后,我觉得快乐和忧伤是成正比的,幸福和痛苦也是成正比的。舍弃这个则无法安身立命,舍弃这个世界就不可能存在了。金钱固然可贵,可是金钱太多了,会让人心生不安。爱情固然令人愉快,可是愉快的爱情太多了,反倒让人不珍惜。阁僚的肩膀承载着几百万人,将天下的重任都背在自己身上。可口的食物吃不到会觉得可惜,吃少了会觉得不满足,吃多了也不会觉得快乐……

当我想到这里时,我的右脚所落之地,突然变成了一块活动的石头尖,为了维持平衡,我马上把左脚向前迈了一大步。尽管没有摔跤,可是我的屁股却落到了三尺宽的岩石上,肩上的画具也掉下来了,幸亏一切都还好。

我起身看向下面，一座山峰赫然挺立在道路的左前方，就像一个翻过来的铁桶一样。从山脚一直到峰顶，不知道是杉树还是桧柏，一片绿意盎然中有淡红的山樱作为装饰。山间笼罩着雾气，朦朦胧胧的，看不清楚。前面有一座陡峭的山，山脊光秃秃的，就像巨人用斧头一分为二一样，犀利的断面一直延伸至谷底。我们可以在天边看到一棵红松树，看得特别清楚，包括枝间的缝隙在内。往前再走二百米，就可以看到红毛毯子在高处飘扬，再往上爬，就会抵达那里吧。道路很不好走。

如果只是把泥路开辟出来，不会多费劲，土中有大石块，泥土很容易平整，可是石块却很难平整。尽管石头被打碎了，可是岩石却无法收拾，在开辟出的道路上怡然自得地耸立着，根本没想着给我等让路。既然对方没有任何表示，你要想过去，就得从岩石上翻过去，或者选择其他道路走。没有岩石的地方也没那么容易走，两边高，中间凹，六尺宽的地面似乎要被凿成三角形大沟，其顶点刚好从大沟的中央穿过。用走路来说似乎不太恰当，更合适的说法是横渡河底。原本我也不着急，索性就慢悠悠地在蜿蜒曲折的羊肠小道上走。

突然，云雀的叫声从脚下传来。可是放眼四望，却不知云雀在哪里叫，毫无踪迹可循，可是声音却愈发清亮、短促。周围的空气似乎被跳蚤叮咬一般，让人无法忍受。那鸟没有一刻停下来歇息，它一直鸣叫着，把清晨和黄昏都叫来了。看来，它一定要用鸣声把这美丽的春色送走才满意。它不停地飞啊，飞啊，我相信云端就是它最终的归宿。飞到最高点时，可能是在云层的带动下，我们看不见它的形体，只能听到它的声音了。

从陡峻的岩石绕过去，再从右边一个险峻的地形拐过去——换作是盲人，这会儿已经滚落下去了——侧身看向下面，一片油菜花呈现在眼前。我想，云雀也许停留在那里了吧。不，它来自璀璨的原野。然后我又想，可能落下的云雀和飞升的云雀曾经产生过交集。最后我又有了这样的想法，不管是在下落的时候，还是在飞升的时候，抑或在擦肩而过的时候，它们的鸣叫声从来没有停止过吧。

春,睡了。猫已经将捕鼠忘在了脑后,人如果把借债的事给忘了,有时就会茫然不知所措,不知道自己在哪了。只有一眼看到菜花时,眼睛才会找到焦点。只有当耳边传来云雀的鸣叫声时,灵魂才有了栖息之地。云雀不是通过嘴来叫的,而是用整个灵魂。灵魂借由声音展现自己的活动,而数云雀的鸣叫显得更有力量。啊,真是太让人高兴了!这么高兴,不就是诗吗?

脑海里突然涌现出雪莱的《致云雀》,就吟诵了起来。只有这两三句有印象,是这样的:

> We look before and after,
> And pine for what is not:
> Our sincerest laughter
> With some pain is fraught;
> Our sweetest songs are those that tell of saddest thought.

"瞻前而顾后，人欲不知足：至诚之笑声，中有苦痛络，至甘之歌词，是部愁思史。"

是啊，即便诗人再幸福，他也不能像云雀一样，置现实情况于不顾，一心一意地把自己的快乐唱出来。西方的诗当然不用说，就包括中国的诗在内，时常也会出现"万斛愁"一类的字眼。因为是诗人，所以才有万斛之多的愁，而换作是普通人，应该只有一合吧。如此来看，诗人的愁苦要甚于普通人，相比普通人，他们的神经要机敏得多。他们不仅有超凡脱俗的快乐，也有无止境的忧愁。假如是这样的话，作为一个诗人，倒是需要认真思考一下。

山路暂时好走了一点。右边是山峦，里面长满了杂木，左边仍然是菜花，一眼望不到边际。蒲公英被我们踩在脚下，锯齿状的叶片肆无忌惮地散向四面八方，集体拥护着中央一颗璀璨的圆球儿。菜花把我的目光吸引了过去，只要脚踩着蒲公英，我的心里就会产生恻隐之情。回头望望，锯齿状的叶片中间依然悠然舒适地躺着璀璨的圆球儿。我又沉浸到思绪中。

可能诗人时常会觉得愁苦，可是只要耳边传来云雀的叫声，痛苦就会烟消云散。就算菜花出现在眼前，也只会产生愉悦的情绪。蒲公英也是如此，樱花——不知不觉，樱花已经没有机会看到了。这次我到山里来，对自然景物有了更直观的体验，不管是看到的，还是听到的，都特别有意思。就是因为有意思，所以才不会有其他难受的心情。就算是有，也只是两腿无力，可口的食物与自己无缘而已。

那么为什么痛苦烟消云散了呢？因为在我眼里，这景色就是一幅画、一卷诗。既然是画，是诗，就不会产生这样的想法：开垦出一片地皮，架一座桥，赚点钱。而我就是因为看到了这样的景色——这种不能让人填饱肚子又不能补足月薪的景色而心旷神怡，烦恼和疾苦都跑到了一边。这就是自然力的宝贵之处。在很短的时间内让我的性情得到了陶冶，朦朦胧胧抵达醇美的诗境，这就是自然。

恋爱也好，孝行也好，都是美的，对国家忠贞不贰也是好的。可是，假如自己身临其中，也会被里面的利害关系所纷扰，被这些美好的事物弄得不知所措。自己也会迷茫，诗到底在哪里。

为了对这一点进行了解，真正搞清楚，就只能立足于第三者。站在局外人的角度看戏，或是读小说，都更加有趣。但凡那些看戏、看小说津津有味的人，都将自己的利害放到了一边。这一读一看，便变成了诗人。

可是，即便只是再普通不过的戏剧和小说，也会有人情掺杂其中。苦闷、气愤、喧嚣、痛哭。观众和读者的情绪也会跟着一起波动。其真正有价值的地方，估计就是没有掺杂任何私欲在其中。而正是因为把私欲排除掉了，才显得其他的情绪更加鲜明。这点很是讨厌。

苦闷、气愤、喧嚣、痛哭，都是人世必不可少的东西。我活了有三十年了，对这一切已经尝了个遍。既然已经腻烦，就无法忍受从戏剧和小说里一再受到相同的刺激。舍弃俗念，让心情脱离尘界的诗，即便只是短暂的，也是我所希冀的，而激励世俗人情的东西则不是我所希望看到的。即便再杰出的戏剧著作，都难免和人情挂钩。不明辨是非的小说几乎找不到。它们有一个相同之处，就是不可能离开这个世界。特别是西洋诗，它的根本就在于吟咏人情世故，所以，就算是诗歌里最美好的部分，也无法摆脱这种境遇。处处充满了同情、爱、正义和自由，世上发挥作用的都是这些流行色调。就算那些可以叫作诗的东西，也只能来往于地面上，而不可能把金钱上的交易抛到一边。这就不难解释，为什么雪莱听到云雀叫时也只能扼腕叹息了。

令人庆幸的是，有的东方诗歌从这一点跳脱了出来。"采菊东篱下，悠然见南山。"仅凭这两句诗，就包含着把人世痛苦彻底忘掉的意思。这里不仅没有邻家姑娘的偷窥，也没有亲朋好友任职于南山。这是将所有利害都放到一边，超凡脱俗的心情。"独坐幽篁里，弹琴复长啸。深林人不知，明月来相照。"这短短二十个字，就创立了另一个美好的世界。这个世界的功德，与《不如归》和《金色夜叉》那样的功德并不是一回事，而是腻烦了轮船、火车、权利、义务、道德和礼义后，把所有都忘掉，一直沉睡的功德。

假如说二十世纪需要睡眠的话，那么这种包含出世意味的诗作，对于二十世纪来说也非常可贵。可惜，现在不管是写诗的人，还是读诗的人，都深受西洋人影响，都不乐意坐在扁舟上，去寻觅桃花源了。我原本不想当诗人，因此没有想过在当今世界推广王维、陶渊明所追求的那种境界。只是站在我自己的立场上，觉得相比参加一次游艺会或舞会，看一场《浮士德》或《哈姆雷特》，这种感受要有价值得多，也更值得珍惜。一个人把画具和三脚架背在身上，在春天的山路上徘徊，也正是基于这个宗旨。我想直接从大自然中把陶渊明、王维的诗的意境汲取过来，转瞬间在非人情的天地之间快活。这种雅兴太让人迷恋了。

当然，作为人世上的一员，不可能一直沉浸在这种非人情的环境中，哪怕特别喜欢。陶渊明不可能长年盯着南山看，王维也不想一直睡在连蚊帐都没有的竹林中。我想，他们会将剩下来的菊花出售给花店，把新生的竹笋拿到菜市场去卖。我当然也会这样做。无论如何青睐云雀和菜花，我也不可能一直在山间野居，做出那种于人情不符的事情来。在这样的地方也会和人相遇。有将衣服在腰间一系，在头上裹上毛巾的老爷子；有身穿红围裙的大姐；有时还会遇到面孔远远长于人的马。虽然呼吸的空气远在几百米高，可是人的气息还是感受得非常明显。不仅这样，从山梁迈过去，今天寄宿的古井温泉场就在前边了。

　　人对事物会有多种看法，列奥纳多·达·芬奇曾经这样告诉弟子：认真听那钟声，即便是同一口钟，每个人在不同的时间会听到不一样的响声。就算是对一个人，不管是男人还是女人进行评价，人们的观点也会出现分歧。因为这次旅行是非人情意味的，用现在的心境来看人，会不同于平时居住在市井小民中的场景。虽然不能把人情的约束彻底摆脱掉，可是最起码能像欣赏能乐表演时那样淡定。能乐也展现人情。我不能肯定地说，看了《七骑落》和《隅田川》之后还会很平静，可是这种艺术的表演中艺只占七分，情占三分。从能乐中，我们所得到的艺术享受，并不是照搬下界人情，它是以事实为基础，把几层艺术的外衣套在外面，采用的动作完全是现实世界中所没有的悠然和宁静。

假如将这次旅行中的所见所闻移植到能乐中，会出现什么样的场景呢？尽管不会把人情彻底抛到一边，可不管怎么说，这是一次诗的旅行，因此要尽可能把感情控制住，朝非人情的方向努力。当然，人和"南山"呀、"幽篁"呀，性质肯定是不相同的；也不能相比拟于"云雀"呀、"菜花"呀。可是要尽可能结合到一起，尽力用同样的观点来看人。芭蕉这个人，即便是看到马在枕头上撒尿，他也会在诗中引用，我也要将我马上要遇到的人物——农民、商人、村长、老翁、老媪——都当作大自然的装饰去描写，加以观察。当然，他们不同于画中人，他们有自己的行动。可是，假如像一般的小说家那样，去对各种人物的行动的渊源加以探讨，对他们的心理活动进行探究，在人情世故的纷扰中无法自拔，就很有可能落入平庸。即便他们运动也没有关系，可以当作是画中人在运动。画上的人物无论怎么动也还是在画面中。如果觉得他们离开了画面，活动成了立体的，就会和我等发生冲突，在利害上引起纷争，带来麻烦，越麻烦的事越和美不沾边。今后再和人相遇，我就会采取超脱的态度，双方都尽可能不要在情感上产生交集。如此一来，无论对方多么活泼，都不可能随便跃入我的心灵。就如同在一幅画前站着，不管画中人在画面上多么闹腾，只要相隔三尺，就可以安静地欣赏，不会感觉到任何危机。也就是说，心情可以摆脱利害关系的桎梏，专门从艺术的角度对他们的动作进行审视，用心去辨别到底美不美。

当我如此笃定时，天空产生了奇特的改变，乌云滚滚而来，有时在头顶肆虐，有时又飘散到其他地方去了，到处都是云。当我还处于踌躇的状态时，春雨哗哗下了起来。现在，我早已经走过了菜花地带，在山峰之间走着，雨丝很是稠密，和浓雾相比有过之而无不及，远近的距离都看不清。有时会吹过来一阵风，把高空的云朵掀开，右边青黑色的山梁在山谷那边延伸至远方。左边离我最近的地方是山麓,松树被雨雾层层笼罩,隐隐约约显现出绰约的身姿。我的心情有些奇怪,不清楚活动的是雨,是树,还是梦。

山路变得好走多了,也变宽了,变平整了。因为雨具没有带在身上,所以只能加快速度。帽子上不断落下雨水。这时,前边两三丈的地方,有铃声传入耳畔。一个赶马人出现在夜幕中。

"这里有休息的地方吗?"

"前面三四里的地方有一家茶馆。你全身都被雨水打湿了!"

还要走三四里?回头望去,雨雾已经吞没了赶马人的身影,像皮影戏一样,又突然不见了。

像米糠一样的雨珠越变越长,越变越粗,一缕缕随风飘着,呈现在我们眼前。雨已经把我的外套全部淋湿了,肌肤上有雨水在跳跃,通过体温的蒸发有热量挥发出来,我有些烦闷,把帽子随便戴在头上,匆匆前行。

我冒着雨，低头走在这青黑色的世界里。当我没有发现这个影像就是自己的时候，就成为诗，可以吟诵出来。当我彻底忘掉有形的自己，在看待一切时都站在纯粹客观的角度时，我才能将自己当作一个画中人，和自然景物产生一种美感。可是当我觉得双腿疲软无力、雨天烦不胜烦时，才发现自己不仅不是诗中人，也不是画中人，只是市井中的一员。看不到云烟飞动的乐趣，没有感受到落花啼鸟的情感，冒着这么大的雨行走在春山上，我依然不明白美到底在哪里。一开始是把帽子戴得歪歪的朝前走，后来只是看着自己的脚走，最后瑟缩着肩膀如履薄冰地往前走。一眼望过去，树梢都被来自四面八方的雨侵袭着，对天涯旅客广施淫威，这种非人情真的不是一般的过分。

二

"喂!"我大喊道,可是没有得到任何回音。

从檐下看向里面,被煤烟熏得漆黑的格子门关得紧紧的,看不到任何东西。五六双草鞋吊在屋檐下面,摇晃个不停,给人落寞又凄清的感觉。三只点心盒整齐地放在下面,还有五厘和四文的铜钱散落在一旁。

"喂!"我又叫了一声。几只蹲在土间角落里的石磨上的鸡闻讯,惊讶地把眼睛睁开了,咕咕地叫个不停。雨水打湿了门槛外面的土灶,有一半连颜色都变了,一口黑漆漆的煎茶锅放在上面，看不清楚是什么质地的，是陶瓷的还是银制的？幸运的是，下面还有火在燃烧。

因为没有得到任何回音，我只好直接冲进去，坐在板凳上。鸡纷纷拍着翅膀，飞到门内的铺席上停下来。如果格子门没关紧，它们可能会跑到那里面去。公鸡大声啼叫着，母鸡的叫声则尖细一些，一定觉得我是狐狸或野狗。一只大烟灰缸在另一条板凳上安静地待着，里面还有一卷线香，缓缓地冒着青烟，好像没有察觉到时光的飞逝。雨渐渐停了。

没过多久，有脚步声从里面传来，有人打开了被熏黑的格子门，一位老婆婆从里面走出来。

我自始至终没有怀疑过这里有人。灶膛里有火在燃烧，点心盒上有散落的硬币，线香缓缓地冒着青烟。这里不可能没有人。可是，这里的店就这样无所顾忌地敞露在外，看上去和城里有些不一样。没有得到回音，我就一直在板凳上坐着等，这一点又和二十世纪的人的处事风格不太像。这种非人情的地方倒是很有意思，更何况，从里面出来的老婆婆的相貌也让人心满意足。

两三年前,在宝生的舞台上,我曾经欣赏过《高砂》的表演,当时给我的感觉像是在欣赏活人雕塑。一个老翁扛着扫帚在舞台上闲庭信步,突然,他一回头,和老婆子面对面站着。直到现在,他这猛然转身的动作我都还记得。我从当时所坐的位置上望过去,我差不多和老婆子正面相对。哇!太美了!那表情一下子进入了我的心灵。这位茶馆老板娘长得非常像那个人,似乎两个人血脉相连。

"老婆婆,我在这休息一会儿啊。"

"没问题,我还不知道你来了呢。"

"下好大的雨啊。"

"是啊,这天气真是太恶劣了,您遭了不少罪吧。哎呀,衣服都全部打湿了呀,我马上给你生火,让你好好烤烤。"

"把火生大一点,我坐近一点就可以烤干了,脚只要一停下来,我就全身直打战。"

"哎，我赶紧添柴火。你等着吧，我给您倒杯茶去。"

说完她就站了起来，"嘘嘘"了两声，把鸡轰出去，有一对鸡夫妇离开黄褐色的席子，以点心盒子为跳板，朝门外飞去。公鸡离开时，还拉了摊鸡屎在盒子上。

"来，您请喝茶。"

不知道什么时候，老婆婆把一只镂空的茶盘端了出来，一只茶碗稳稳地搁在上面，从焦黑色的茶液往下看，碗底还有一笔画成的三朵梅花的花纹。

"请吃点心。"她又把刚刚有鸡群在上面停留过的芝麻糖和江米条拿出来。我看了好久，担心搞不好哪个盒子里面就有鸡屎。

老婆婆站在锅灶前，把一根带子攀在坎肩上。我把写生本拿出来，和她闲谈的工夫，开始给她画侧影。

"这一带好安静啊！"

"那是，这里是山村啊，您都看到了。"

"可以听到黄莺的鸣叫声吗？"

"当然，天天都可以听到，夏天也不例外。"

"好想亲耳听听啊,越是听不到了,这种欲望就越强烈。"

"今天您运气不好,一场雨过后,它们就不知道躲到哪儿去了。"

一会儿工夫,灶膛里就响起清脆的响声,在风的吹拂下,火焰蹿得老高。

"好了。烤吧,是不是冻坏了?"她问。

一股青烟冲向屋檐,之后飘散开去,只留下淡淡的烟痕。

"啊,真是太好了,这下子一点都不冷了。"

"刚好太阳也出来了,瞧,天狗岩都可以看到了。"

山风急急地刮来,天空中凝聚的阴云都被吹散了,万里无云的晴空下,一角山峦显现在我的眼前。老婆婆指着那座巍峨高耸的山峰告诉我,那就是天狗岩。

我看看天狗岩,又看看老婆婆,之后又对比了一下这两者。身为一名画家,我脑海里对老婆婆的印象,只有

《高砂》里的老妪和芦雪①笔下的山妖。当芦雪的画出现在我的眼前时,我深深地觉得理想中的老太太都极其恐怖,把她放在红叶丛中或寒月下才是最合适的。直到看了宝生能乐的特别演出以后才大感惊讶,原来老妇的表情也曾经这么温柔过。那张假面具一定来自名人的雕刻。遗憾的是,我忘记询问作者叫什么名字了。如此表演过后,老人的形象愈发沉静、多样化了。把金色的围屏、春风和樱花等道具配上去也是可以的。老婆婆身穿坎肩儿,身子挺得笔直,一手搭在凉棚上,指向远方。我觉得她的这个形象正好可以作为春天山路上的一个景致。于是,我把写生本拿出来,正准备开始写生,老婆婆忽然变了一种姿势。

我有点窘迫地把写生本收起来,放在火上面烤,询问道:

"老婆婆,您身体还好吧?"

---

① 长泽芦雪(1755—1799),江户早期画家,名政胜,圆山应举的门人,最知名的要属严岛神社《山妖图》。

"哎,我可就剩这个身体啦——可以做针线,可以渍麻,还可以磨团子粉。"

我想让老婆婆推下石磨看看,可是不太好意思张口。

"这里离那古井很近吧?"我开始扯其他的事。

"嗯,大概有五六里路吧。少爷要去那边的温泉吗?"

"如果游客量还好,我想多住段时间,可以吗?"

"哪啊,开始打仗以后,这里差不多就没人啦,都快关门了啦。"

"这样啊,那么是不是不让住宿啊?"

"怎么可能,只要您愿意,什么时候都没有问题。"

"只有一家旅店吗?"

"哎,你到那去后,向志保田先生询问就可以啦。他在村里很有声望的,不清楚是属于温泉疗养所还是人家的闲居之处。"

"这样说来,哪怕没有游客也没有关系喽?"

"少爷是第一次到这里来吗?"

"不,之前来过一次,不过已经很久了。"

谈话到这先告一个段落。我把笔记本打开,依然认真地给刚才的鸡群写生。等到平静下来,清脆的马铃声响了起来。这声音富于节奏感,就如同梦里听到邻家的杵臼声那样诱惑力十足。我先停下手里的工作,在这页纸的旁边写道:

春风忆惟然①,耳闻马铃声。

到了山上以后,迎面走来五六匹马。它们个个都系着兜肚,挂着铃铛,几乎想象不出这是世上的马。

春天的空山里回荡着欢快的赶马歌,划破旅行之人的梦境。虽然曲调哀婉,可韵律却是愉悦的。它的确和画面的声音很像。

清歌唱宛转,春雨过铃鹿。

---

① 广濑惟然(?—1711),俳句诗人,师从松尾芭蕉。芭蕉卒,他口里念叨着其诗句,在各地流浪。

这回写得歪歪扭扭的，写完了才发现这首诗并不是自己所作。

"又来人啦。"老婆婆喃喃自语。

往来的路只有一条，所以可以很清楚地看到从这里经过的人。那五六匹一边走一边回荡着清脆的铃声的马是最先出现的，一会儿朝山上去，一会儿又下山，老婆婆肯定以为又来了客人。沉寂的山路一直弥漫着春意，厌花人根本没有藏身之处。老婆婆就是在这个小村里，日复一日地听着清脆的马铃声。现在已是满头银发。

马歌催白发，渗泊春已暮。

我在另一张纸上写下这诗，望着铅笔尖出神，觉得自己还没有把意思表达完全，还需要仔细斟酌。我想，不管怎样，白发是一定要写到诗里面的，消逝的时间也是，还有赶马歌这个主题，还要加上春季，尽可能浓缩成十七个字。我正想得入神时，店门口来了个真正的赶马人，大声叫道：

"喂，您好啊？"

"哎呀，是源哥儿，又准备到城里去吗？"

"对啊，需要带什么东西回来，我顺便。"

"对了，从锻冶町经过时，请到云岩寺帮我家女儿讨个签儿。"

"好的，我一定帮您做到，只要一支吗？——阿秋嫁的人可真不错啊，去过好日子了吧，婶子？"

"还行吧，暂时还不错，这就算好日子？"

"当然啦！看看那位古井的小姐！"

"那孩子也真是令人同情，长得那么好。现在情况好一点了吗？"

"没有，和以前一样。"

"那真是太遗憾了。"老婆婆叹息着说。

"可不是嘛。"源哥儿摸了摸马鼻子。

山樱枝条密密麻麻的，落满了雨水，一阵风吹过，那些雨滴都扑簌簌往下落。马惊讶不已，不停地抖动着长长的鬣毛。

"混蛋！"源哥儿破口大骂，再加上那清脆的铃声，我的冥想彻底被打破了。

老婆婆接腔了："源哥儿，我现在还清楚地记得她出嫁时的场景呢。发型是高岛田式的，身穿长袖和服，边上还绣着花呢，骑着马……"

"就是啊，是骑马，不是乘船。也是把这里当作了落脚点，婶子。"

啊，一位姑娘骑着马，在樱花树下站着，一片片樱花随风飘落，姑娘的发髻上落满了花瓣。——我又把写生本打开了。这景色不仅可以作为画画的素材，还可以用来吟诗。一位新娘的身影出现在我的脑海里，我一边回想着当时的场景，一边写道：

　　　　山前樱花路，马上新嫁娘。

让人讶异的是，我可以看到衣服、发型、马、樱花，可就是看不见新娘的面庞，也想象不出来。头脑里的印象一变再变，最后突然变成了米莱斯笔下的奥菲莉亚①，在那副高岛发型的下面镶嵌着。这怎么可以呢？我一把扯下画了好久的底稿。眨眼之间，衣服、发型、马和樱花都彻底不见了，可是奥菲莉亚合掌漂流在水上的样子却萦绕在我的心间，哪怕用棕叶拂帚拂拭也无济于事。我的脑海中不由得出现空中拖着长尾巴的彗星。

"好吧，拜拜。"源哥儿招呼了一声。

"下次再来吧。下雨了，这路太难走了。"

"是啊，确实费了不少工夫。"源哥儿起身了，他的马也发出清脆的响声，和他一起走了。

"他就是那古井人？"

"是的，就是那古井的源兵卫。"

"他赶马过岭是因为哪家媳妇呢？"

"志保田家小姐嫁去城里时，源兵卫曾经赶马经过这

---

① 奥菲莉亚，莎士比亚剧本《哈姆雷特》中的女主人公。

里。——时光飞逝啊,这都已经过去五年了。"

老婆婆是个有福气的人,只有在照镜子时,她才会哀叹自己头上长了白发。她摆弄了一下,发现五年的时光如白驹过隙一般很快就过去了。我觉得这个老人就像一位仙家一样。

"我想一定很美,如果能看一眼就好了。"我说。

"哈哈,如今也可以看到。您如果去了温泉疗养所,她一定会出来迎接您的。"

"哦,现在她在娘家吗?如果她依然身穿那件带着花边的长袖和服,挽着高岛田的发髻就完美啦。"

"您好好跟她说说,叫她穿上让您看看。"

我有点怀疑,可是老婆婆却是一副严肃的模样。在这种非人情的旅行里,只有这样才会显现出风流。

"小姐和长良姑娘很像。"

"你是说脸型?"

"不,我是指她的命运。"

"哎,长良姑娘又是哪位?"

"长良姑娘之前就在这个村里住着,她可出生在一个有钱人家啊,长得也很美。"

"噢。"

"令人意外的是,有两个男人都很喜欢她,少爷!"

"是吗?"

"那姑娘整日愁容满面,想着到底是嫁给笹田呢,还是嫁给笹部呢?到最后她一个都没有看上,一边唱一边跳河自尽啦,她唱的是:大地秋光冷,野芳迟未开。妾本花间露,此行不复来。"

这真的太让人意外了,在这座山村里,我竟然还可以听到这样的老婆婆演绎出这么温文尔雅的故事,还是用这么温文尔雅的语调。

"从这里往山下走,朝东边走大概半里的路程,就会看到一座五轮塔,那里就是长良姑娘的墓,您顺道可以去瞅一眼。"

我暗暗下定决心,一定得去看看。老婆婆继续说道:

"那古井家的小姐也是被两个男人追求。一个是她在京都上学时认识的,一个是这个城里的大财主。"

"那么,小姐中意哪一个呢?"

"她自己很想和那位京都的公子成亲,可能因为有其他的原因吧,她父母一定要她和这个大财主成亲……"

"她没有投河自尽吧?"

"可是——男家中意她的好人品,应该会对她好吧。可到底是强扭的瓜儿不甜啊。亲戚们也都一直担心她。这回开始打仗以后,那姑爷所在的银行就垮了,小姐就又回到了那古井。外人一直对她颇有微词,说小姐心狠啦、薄情寡义啦。源兵卫只要一来就会说,美丽善良的小姐,最近脾气也变得很差啦。真是让人忧心不已啊……"

再接着打听下去,结果就太糟糕了。其心情就像正准备到天上去做仙人,却突然有人说要把羽衣归还了一样。冒着山路难走的凶险,费尽千辛万苦来到这里,却突然又被打入了凡间,一开始飘然出世的目的荡然无存。如果一直沉溺在这样的世俗故事中,毛孔中就会被渗进尘世的垃圾,导致我们只能负重前行,身子也变得脏乱不堪。

"老婆婆,只有这一条道儿去古井那吗?"我在板凳上放了一枚十文的银币,站起了身。

"当你看到长良姑娘墓旁的五轮塔以后,就朝右边走,走捷径只有一里多。路很不好走,可是您年轻,身体又这么好,没事的。——这茶钱您付得太多啦——路上请小心一点。"

三

昨晚上心情很奇妙。

等我到达旅店时,已经是晚上八点钟了。当然没有看到房间的庭院的布局,就连东西的归置都是模糊的。只是沿着回廊一样的路径四处打转,最后被领到一个小房间,有六铺席大的样子,和上次来看到的情况一模一样。吃过晚饭、洗过澡以后我就回房间喝茶。这时一位小姑娘进来了,问我要不要铺床。

让人匪夷所思的是,这个小姑娘包揽了一切招待我的活计，包括一开始迎接我，到后来准备晚餐、陪我去温泉场，还有铺床等。她说话很少，可是却一点都不让人觉得老套。当她在腰上扎着一根红带子，点着一只古朴的纸烛①，在分不清是叫回廊还是楼梯的地方不停打转时，当她扎着一样的带子，点着一样的纸烛，又从类似楼梯的地方跑向下面，带我到温泉场去时，我觉得自己好像置身于画面中。

吃饭时，她告诉我，因为最近客人稀少，其他房间落满了灰，所以只好先叫我委屈在普通房间里。她帮我把床铺整理好以后，非常郑重地跟我说了声"请休息吧，"就翩然离开了。她的脚步声在蜿蜒的回廊里渐去渐远，之后安静下来，周围一点声音都没有。

这是我第一次经历这种事儿。之前我从馆山经房州，又沿着上总顺着海滨一路走到铫子。一天晚上，我在某地的一家旅馆留宿。这里我用的是"某地"，那是因为我已经

---

① 江户时代带有手柄的小型灯笼。

忘记了那地方叫什么了。这是不是一家旅馆还有待考证。我印象中那么宽敞的房子，竟然只有两个女人，一个年纪大一点，一个年纪小一点。我问这里能不能住宿，在得到肯定的答案后，我就被带到了一栋小楼上，中间还经过了好几栋荒芜的大屋子。从三段楼梯爬上去，从走廊上走到屋里面时，一簇斜生的修竹随着晚风轻舞，我的肩和头都觉得寒气袭人。橡板看上去年代已久。我说，也许明年竹笋就会从橡子穿过去了，到那时，竹子就会在整个屋子里肆虐了。那年轻女子没有说什么，只是微笑着走了出去。

那天晚上，竹丛就一直活跃在我的枕畔，让我一晚上都睡不成觉。把格子门打开，庭院里草地茵茵，假如不是围墙起了阻挡作用，在这夏日的晚上举目远眺，可以和长满青草的大山连接到一块。山的对面是汹涌的大海，时刻在挑衅着人类。我一晚上都没有睡，睁着眼睛直到天亮。在那顶奇怪的蚊帐里躺着的我，似乎到了传奇小说的故事里。

之后，我又旅行过很多次，可是从来没有出现过像今天在那古井住宿时的心情。

我平躺着，时不时抬眼瞅瞅，一个镶有朱红木框的匾额悬挂在天窗上，尽管我躺在床上，可是也可以把上面写的字看得清清楚楚："竹影拂阶尘不动"。落款是"大彻"二字。尽管我一点都不懂得如何鉴赏书法，可是这一生却对黄檗宗高泉和尚①的笔致非常喜欢。尽管隐元②、即非、木庵各有千秋，可是最遒劲的字却出自高泉之手。这七个字从笔势到运腕，毫无疑问是高泉写的。可是现在上面的落款却是"大彻"，难道不是他写的？又或者黄檗宗里有一位名叫"大彻"的和尚也不好说。而且纸的颜色看起来很新，应该是最近才写的。

我往旁边看去，壁龛里的《鹤图》出现在我的眼前。本人的职业是画画，因此一进屋就发现了这是逸品。若冲

---

① 高泉性敦（1633—1695），福州人，1662年到日本，为黄檗山万福寺第五世，《扶桑禅林僧宝传》就出自他之手。

② 隐元（1592—1673），日本黄檗宗开山祖，福州人，1654年到日本，在京都府宇治市开辟黄檗山万福寺。

的画在颜色的运用上通常都很巧妙，而这只鹤却是一笔画成的，与众不同。单脚站立，椭圆形的身体像是要飞起来，就连那副长喙也很是潇洒，深得我心。壁龛和普通的壁橱相连接，旁边没有装高低棚板，里边放些什么也不清楚。

昏昏入睡，做梦了。

长良姑娘身穿长袖和服，坐在青骢马上，从山头经过。笹田和笹部两个男人突然出现了，一左一右拽住了她。少女突然化作奥菲莉亚，跃到柳枝上面，然后顺着河流漂走了，美丽的歌声也随之响起。我想把她救起来，于是拿着长竹竿，冲向岛屿。少女一脸平静，脸上还挂着微笑，边唱边往河流下面漂去。我把竹竿扛在肩上，发出"喂——喂——"的呐喊声。

这时，我睁开了眼睛，腋窝里全是汗水。这个梦太奇怪了！宋代曾经有一个名叫大慧的禅师[①]，得道以后万事

[①] 大慧禅师（1089—1163），中国宋代杨岐派禅僧，常州人，名宋果。著有《大慧武库》《大慧语录》等。

顺心，独独烦恼于梦中时常出现的俗念。这事一点都不奇怪。把文艺看得无比重要的人，一定得做一两次美梦，才能有所成就。这些梦不仅可以用作画画的素材，也可以用作写诗的材料。想到这里，我不禁翻了个身儿，不知不觉，格子门已经洒满了月光，二三枝条斑驳陆离。这个春夜真是沁人心脾！

可能是心有戚戚焉，耳畔似乎传来低吟浅唱的声音，究竟是梦中的歌照进了现实，还是现实的声音坠入了梦中？我仔细聆听，的确有人在唱歌。声音不仅和缓，而且低沉，似乎是想给这个缠绵卧榻的春夜增加一丝温热的脉动。更让人匪夷所思的是，不仅音调清丽，原本很难听到的歌词——不是在自己枕边歌唱，原本不太能听清楚内容——却也非常清楚地传入了耳畔。那声音似乎一直歌唱着长良少女的那首歌：

大地秋光冷，群芳迟未开。
妾本花间露，此行不复来。

一开始，那歌声离橡板很近，之后慢慢变弱，慢慢消失在远方。突然停下来的事物，总会让人措手不及，可是却极少生出同情之心。人们听到高亢的歌声，心中自然会涌动出奋发向上的激情。可是这歌声却一直响彻耳畔，而且慢慢地变弱，直到最后一点都听不见。我的担心也慢慢减少，终于回归了宁静。就好像只剩下一口气的病人，好像快要熄灭的灯火，这歌声好像将全天下所有的春愁都在一种旋律中表现了出来，隐隐约约、断断续续，让我的思绪也随之起伏不定。

我一直躺在床上侧耳聆听，歌声慢慢远去。我深知自己的耳朵受到了诱惑，可依然想随那种声音而去。歌声的强度在减弱，只能略微听到一点了，可是我依然想做它忠实的追随者。后来，无论我多么不安，耳鼓却一点反应都没有了。我突然难以忍受，于是掀开被子，一把拉开格子门。在月光的映衬下，几株树影在我的睡衣上摇摆不定。

把格子门拉开时，我还没有发现这样的场景。我顺着声音传来的方向看过去，看到一个模糊的人影，背靠着花树，借着稀薄的月光，那花树应该是海棠。是她吗？当我才刚反应过来，还没有来得及仔细思考时，那黑影已经走向了右边。一个女人修长的身影忽然从我旁边的那栋建筑的角落闪过，马上又看不见了。

我把从旅店借来的睡衣穿在身上，扶着格子门，大脑一阵空白。过了好长时间，我的大脑才恢复神智，惊觉山里春夜的温度依然很低。我赶紧回到我所舍弃的被窝里开始思考。我把怀表从枕头底下掏出来一看，已经一点过十分了。我再次将它放回枕头下面，接着思考，我想那一定不是妖怪，如果不是妖怪，就一定是人了。如果是人的话，就只有可能是女的。要么就是这户人家的小姐。可是，一个回头姑娘，深更半夜跑到这所和山野相连的庭院来，总有点说不过去。不管怎样，我是别想睡觉了。枕下的怀表似乎也在低语。表外的声响我从来没有留意过，只是今天晚上，那怀表似乎在一个劲地催我"想吧，想吧"，劝诫我"不要睡，不要睡"。真是要了命了!

　　让人心生畏惧的事物,只要可以把它那让人害怕的模样看清楚,就成为诗。让人惊讶不已的事物,只要和自我不相关,只一心想它那让人惊讶的地方,就成为画。同样的道理,失恋是艺术永恒的主题。把失恋的痛苦抛诸脑后,只看到那美好的地方、令人同情的地方、包含着愁苦的地方,甚至把失恋的痛苦展示出来的地方,就会成为文学、美术的源泉。世上有捏造失恋、自讨苦吃、一心只想得到快乐的人。他们被常人叫作痴傻。可是,不得不指出的一点是,在得到艺术的立足之处,把痛苦的场景自动刻画出来,而乐于起卧其中,和把乌有之山水主动描写出来,而沉浸在壶中的天地是一样的。如果只是从这一个层面来说,世上很多艺术家(常人先放在一边不说)和常人相比,都要痴傻得多。当我们穿草鞋旅行时,一天到晚抱怨不停,直称自己命苦,可是当我们把这段经历讲给别人听时,却完全不会流露出一丝一毫的不满。令人愉悦的事当然就不用说了,可是包括过去的抱怨在内,讲述起来也是滔滔不绝、忘了今夕何夕。这并不是故意欺骗自己。我们是以一颗常人的心来旅行，而却是以诗人的态度来讲述自己的那段经历的。所以矛盾就产生了。看来，在这个四角形的世界里，艺术家应该就是那些把"常识"这一角磨掉而在三角形里生活着的人们吧。

所以，不管是天然，还是人事，在众俗退避三舍而无法靠近的地方，艺术家慧眼识珠。世俗给它起了美化这一称呼，事实上并不是什么美化。自古以来，华美的光彩就在现象的世界存在着。只是因为有这种翳病的人，看天空时会觉得眼花缭乱，因为受到世俗枷锁的牵绊，因为一直难以忘怀荣辱得失的压迫，才形成了如今的局面：透纳[①]画火车时，不知火车美在哪里；应举画幽灵时，不知幽灵美在何处。

适才出现在我眼前的人影，假如只是一种现象，那么

[①] Joseph Mallord William Turner（1775—1851），英国画家，擅长画水彩风景。

不管谁看到了、听到了,都会觉得饱含着诗意。孤村温泉,春宵花影,月下低吟,胧夜清姿,——这些都是艺术家的好主题。这些好主题,一起在我的眼前出现,而我却进行了一番无关于此的注释,所做的探究也是过剩的,在极为少见的雅境里把理论的系统建起来,用俗不可耐的情味糟蹋了难得一见的风流。如此一来,非人情也就不再有标榜的意义了。假如不有所修为,诗人和画家就无法再向别人展示了。我曾经听闻,之前意大利有个叫萨尔瓦托·罗萨①的画家,心心念念想对盗贼加以研究,便不顾自己的性命和一伙山贼为伍。既然我带着画具出门了,如果没有他那样的勇气,就太羞愧了。

到了现在,怎么才能回到诗的落脚点呢?可以留出一部分空间,把自我感觉和客观事物都摆在自己前面,离感觉远一点,平静下来,换位思考一番。一个诗人有责任亲手对自己的尸骸进行解剖,让所有人都知道自己的病情。

---

① Salvator Rosa (1615—1673),意大利画家、诗人、音乐家。

方式有很多，可是最简易的要数把所有看到的、听到的都写到十七字中去。站在一种诗体的角度来说，最方便的莫过于十七字，即便是洗脸、上厕所、乘电车都可以来一首。假如觉得我说的十七字诗创作起来很容易，就代表当诗人是一件再简单不过的事，当了诗人就是一种通透，一种领悟，因此非常容易。根本用不着这样侮辱。在我看来，越是简单，就越有德行，所以就应该得到更多的尊重。打比方说生气的时候，可以把生气写到十七字诗里面。只要变成了十七字诗，自己的怒气消了，就转嫁到了他人身上。又生气，又作俳句，一个人是不可能同时做到这两样的。打比方说流泪，也可以写到十七字诗里面。一旦诗作好了，就会高兴起来。把眼泪化作十七字诗时，自己便远离了伤心的泪水。这时的自己会因为曾经的流泪而开心不已。

我一直以来都坚持这样的观点。今天晚上，我也要践行一下这个观点。我在被窝中试着将这些事件入诗。一旦想出来就要马上写下来，要不然很快又忘记了。考虑到这是一次非常好的历练，我把写生本打开了，放在枕边。

"海棠花溅露，月夜人轻狂。"这一联是我最开始写下来的，尽管读起来诗意还不太浓郁，可是也不算太落于俗套。紧接着我又把第二联写下来了："花荫系香魂，欲辨影朦胧。"这句诗出现了两个"季语"。可是也没有关系，只要通顺就行。接下来，我又写了第三联："狐狸化美女，春夜月溶溶。"看上去比较粗鄙，写完我自己都笑了。

我就这样一门心思地往下写，很快就写好了：

夜半簪花起，春星落天外。

春宵新浴罢，香发湿夜云。

今宵歌一曲，倩影寄深情。

月色迷离夜，惊动海棠魂。

且歌且徘徊，远近月下春。

恹恹春欲老，独去难复寻。

写着写着，我的眼皮就开始打架。

我想现在用"隐约"二字来形容是再合适不过的了。睡得正酣之时，没有人可以对自我有清醒的认知；等到醒过来时，没有人会把外界忘记。只是二者之间还存在想象，丝丝缕缕。尽管云清醒，还隐约看得见；尽管云沉睡，依然存在些微生气。这种状态就好像将起卧二界放在同一个瓶中，用诗歌加以搅拌而得到。把自然之色采摘过来和梦境相融合，把宇宙之实截取过来和云霞融为一体。通过睡魔的妖腕，把所有实相的棱角都磨平。同时，使我把那微微迟缓的脉搏通向和气的宇宙。就好像掠地之烟有飞升的欲望却无法飞升，人的灵魂想出窍却出不了。在超脱和逡巡之间徘徊不定，导致难以留住灵魂之物。晦暝之气一直缭绕在四肢五体上，恋恋不舍，不想离去。我现在的心情就是这样的。

我正在寤寐之境悠然快活时，有人拉开了入口的纸门。门口忽然出现了一个像影子一样的女人。我既不觉得惊讶，也不觉得害怕，只是很和气地看着她。说是远眺倒是有点夸张了。而是像影子一样的女人毫不留情地闯入我的脑海。慢慢走到屋子里面来，就像凌波的仙女，在铺席之上看着我，不发一言。尽管闭着眼睛看世界不太清楚，可是她的确是一个头发浓密、皮肤白皙、脖子长长的女人。我觉得就如同现在很流行把不甚分明的照片对着灯影看一样。

幻影停在了橱柜前边，橱柜打开了。从袖子里滑出一截藕臂，在黑暗中也看得分明。橱柜又关上了。铺席上水波潋滟，主动把影子托起，从屋子里出去了。入口的纸门自动合上了。我越来越想睡觉，人死后还没有变成牛马的时候，大概就是这样的吧。

在人和马之间，我不清楚自己睡了多久。直到耳边传来女人悦耳的笑声，我才醒过来。这时天已经亮了，黑暗不知道躲到哪里去了。圆窗上竹格子的黑影被明媚的阳光照射着。这样的场景，怪物还能往哪里藏？神秘重新回到了极乐净土，已经到达冥河①的对岸了。

我把浴衣穿在身上到了澡堂。五分钟以后，才一脸迷蒙地从浴槽里把脸露出来。既不想接着洗，又不想马上上来。脑海里出现的第一个念头是昨晚为什么会有那样的心情。天地以昼夜为分界线，居然会这样颠倒，太奇妙了。

我不想把身子擦拭干净，就带着一身水上来了，从里边把浴室的门拉开，又大吃一惊。

"早上好，您昨晚睡得还好吗？"

差不多在我开门的同时，这个声音在我耳边响起来。我提前没有想到会有人在上面和我打招呼，一时间竟不知如何作答。

"来，请穿上吧。"一个女人从后面给我披上一件柔软的和服。

"太谢谢啦……"我艰难地挤出这句话。当我转过去

---

① 原文作"三途河"。佛教传说，人死之后第七天要从这条河经过。

面对她时，她却猛然间往后退了两三步。

历史上的小说家，都是尽可能对主人公的容貌进行描绘，把各种词汇都运用上来点评佳人。如果一一列举出来，其数量都可以和《大藏经》相提并论了。这个女人离我三步远，身子歪斜着，安静地看着我脸上错愕的表情。如果把那些我尽可能避讳的形容词都拿过来对她进行描绘，那可就太多了。实事求是地说，我活了三十多年，这种表情还是头一次看到。以美术家的评价、希腊雕刻的理想为依据，可以用"端肃"二字来形容。而端肃在我看来，是指人准备表现出活力还没有表现出来的样子。假如表现出来会发生什么样的变化，到底会变成风云还是雷霆，在这里尚不可知，其余韵幻化未尽，因为委婉而世代流传下来。在这种湛然的潜力之内，隐藏着多少世间的威严。如果表现出来，就会彰显出来。假如彰显出来，一定会有一、二、三作为，这种一、二、三作为，一定是从特殊的能力而来。可是，如果成为其一、其二、其三之时，就会充满遗憾地把拖拖拉拉之漏表现出来，没办法对其原本的完美之貌予以恢复。所在只要是名为动者则一定是低劣的。运庆的金刚像和北斋的漫画之所以失败，就归咎于这一个"动"字。是动，是静，这是对我们画家的命运进行掌控的重大课题。古代美人的形象，基本上都在这两种范畴内。

可是这位女子的表情，我却无法判断出到底属于哪一种。安静的小嘴紧紧抿着，变成了一条线，眼睛很亮，似有光芒在闪烁，脸的下部膨大，呈瓜子形，尽管略显丰满和沉静，可是前额却有点窄，隐隐透露出不安，身上有一种富士额①的俗臭。此外，她两边的眉毛离得特别近，中间像有几滴薄荷油作为装饰一样，隐隐透着哀愁。鼻翼端正，既不显得太尖，也不显得太圆，不会给人轻薄或迟缓的感觉。如果入画可能是个美人儿。她身上的每一个地方都让人觉得不一样。就这样迷乱地跃入我的眼帘，叫我怎能不迷茫呢？

---

① 美女前额的发际，就像富士山一样。

原本安静不动的大地此刻也有一角陷了下去，进而影响了整体。动是和本性不相符的，如果察觉到这一点，便想要尽可能回到从前的样子。可是因为被失去平衡后的局面所约束，便只能无奈地持续动着。事情已经发展到现在这个样子，早已经见怪不怪了，哪怕不乐意，也只能一直动下去了。——假如这种情况存在的话，那么用来对这位女子进行形容是再合适不过的。

正因为这样，鄙视的表情下隐隐有缠绵之色露出；讽刺他人的态度里暗藏着自持和小心的意思。目中无人，所有男子都入不了她的眼，可是在这种居高临下的气势里又包含着和悦的神情。总的来说，她的表情变化多端。尽管清醒和迷茫时常产生纷争，可是又可以共处一室。这女子脸上的表情变化莫测，表明她心地也是矛盾的，而心地的矛盾也正好说明在这个女人的世界里，没有一样东西是一致的。这是一张受到不幸的压迫而想要把这种不幸打败的脸。这个女子的命运一定不太好吧。

"谢谢。"我又说了一遍，稍微行了个礼。

"呵呵呵,我把您的房间打扫干净了,您可以先去看看,再见。"

说完以后,她就一扭一扭地跑到廊下去了。她的发型是银杏式①的,衣领雪白,腰带是黑色的,看上去只有一层。

---

① 把头发朝两边分去,束扎成半圆形的发型。

四

我若有所失地回到房间里,就像她所说的一样,房间果然恢复了整洁。出于谨慎心理,我把壁橱打开看了看,下面还有一个小柜子,从上面垂下来一条印花腰带。很显然,是谁拿衣服太着急了,以至腰带都没有放好。腰带的上半截在一件华美的衣服里夹着,那一端看不见。旁边全是书。白隐和尚的《远良天釜》和一卷《伊势物语》并排放在最上面。看来,昨晚出现的影子可能是真实的。

我像个没事人一样在坐垫上打坐,看见那本写生本就在硬木桌上平平整整地放着,还有一根铅笔夹在里面。我一把拿过来,想看看我在梦中到底写下了怎样的诗。

我发现有人在"海棠花溅露,月夜人轻狂"下面,写了一句"海棠花溅露,月明惊朝鸟"。因为是用铅笔写的,所以有点模糊。假如是女人写的,那未免太刚硬了;假如是男人写的,则又显得不太有力。哦,我又一次震惊了。看向下面,在"花荫系香魂,欲辨影朦胧"下面,又有人加了一句"花荫系香魂,人花影幢幢"。"狐狸化美女,春夜月溶溶"下面,则加了一句"王孙化美女,春夜月溶溶"。是故意模仿,还是有心添加?是风流成性,还是嬉笑嘲弄?我不禁陷入了深深的思考中。

她说再见,现在又该吃饭了,可能她会再来。等她来,可以向她打听一下。我看看钟表,想知道现在几点了,结果已经十一点多了。睡得可真是舒服,现在正好到了吃午饭的时间,这对肚子可太好了。

我把右边的格子门打开,想看一下昨晚的浪漫情事到底是在哪里发生的。我之前觉得是海棠的那棵树,现在可以看得很清楚了，果真是海棠。可是庭院没有我想象中的大。五六块踏石上面有一层青苔，如果不穿鞋在上面走，一定非常享受。左面一段高崖和远山相连，一棵赤松从岩缝里顽强地生长出来，在院子里赫然屹立。一片葱翠的树林位于海棠后面，里面有一个大竹园，生长着挺拔的翠竹，正接受着春日暖阳的照射。屋顶挡住了其右首，那边的景色根本看不见。从地势上来分析，坡面肯定是走低的，一直和浴场相连。

山岭的那一端是丘陵，再往那边是大概半里多宽的平地。这片平地缓缓潜入海底，绵延了一百三十多里，重新突出来，变成周长大概四十八里的摩耶岛。那古井的地理情况就是这样的。温泉场从丘陵穿过，一直延伸至山崖这边。这一带山景的一半都在这个院子的范围内。所以，前面是二层楼，后面是平房。站在走廊上伸个脚，脚跟马上就会沾上青苔。难怪昨天晚上一直在梯子上上蹿下跳的。这座房舍的结构也太与众不同了。

接下来，我又把左边的窗户打开。一块两铺席大的岩石自然而然地陷了下去，里面还有一潭春水，也不知道是什么时候形成的，把山樱的倩影安静地映了出来。两三棵山白竹装点着岩角，更远一点的地方好像是一带花墙，上面生长着枸杞。从海滨到丘陵有一条山路可以出去，时不时会听到人声。道路对面的地势慢慢低向南边，上面生长着橘树。山谷的那一端又是一大片竹园，熠熠生辉。举目远眺，竹叶上隐隐露出白色，这我还是头一次发现。很多松树生长在竹林上面的山峦上，深红色的树干之间，有五六段石磴露了出来，好像伸手就可以碰到。那里也许是寺庙。

把入口的格子门打开以后，我走到廊下，栏杆扭曲过度，已经变成了方形。一院之隔的地方有一栋二层楼房，朝那个方向应该可以看到海面。我发现了一个令人欣喜的事实，假如举目四望，我住的房间也和这二层楼的高度一致。因为浴池在地下，从入浴的地方开始算，应该说是住在三层楼上。

房舍的面积不小，除了对面楼上的一间，和我这间有栏杆的，朝右边拐的一间以外，被叫作客厅的房子都关得紧紧的，不知道起居室和厨房如何。好像这里就只有我一个房客。那些关得紧紧的房间，雨窗到了白天也没有打开，如果打开了的，到了晚上也一直开着。我不清楚大门是不是也是这样。对于非人情的旅行来说，这里倒还真是不错。

快十二点了，依然没有要吃饭的迹象。肚子饿得咕咕叫，我的脑海中不禁涌现出"空山不见人"这句诗。节省一顿倒也无所谓。作画吧，太麻烦了；创作俳句吧，因为俳句三昧已经了然于心，再作出来就会有平庸之嫌；读书吧，在三脚凳里夹着的两三册书又不想解开。如此一来，在阳光温暖的照射下，和花影一起在廊下卧着，还真是天下最大的乐趣。思考极易让人走火入魔，动弹一下也充满了危险。假如情况允许，甚至不想用鼻孔来呼气吸气。我多么渴望变成一棵植物，扎根在铺席上，安然地消磨两个星期的时光。

没过多长时间，廊下有脚步声传来，有人从下边慢慢往上走。走近了才意识到是两个人。这两个人没有直接进来,而是停顿了一会儿,其中的一个安静地回去了。格子门打开了,我还以为是早晨和我打招呼的那位,没曾想是昨天晚上那个小姑娘。不知道为什么,我有些落寞。

"饭送晚啦!"她摆好饭盘。至于早饭的事,她一个字也没有提。红烧鱼上撒了一些青菜。把碗盖揭开,嫩绿的蕨菜下面还铺着诱人的虾。啊,颜色真美!我看着碗里。

"怎么了?您不喜欢?"女佣询问道。

"不,我马上吃。"我之所以这样说,是因为有点舍不得吃。

在一本书上,我曾经看到过这样的故事:在一次晚餐席上,透纳看到装沙拉的菜盘子,跟旁边的人说,我常用的就是这样的冷色。我好想让透纳看看这顿饭的菜色。西洋菜肴和色彩几乎是绝缘的,只能看到沙拉和红萝卜的颜色。从营养层面,我没有资格评论什么,如果只是站在画家的角度,那就太落后了。到那些地方一看,才知道日本菜单上排列的汤类、茶点、生鱼片等，都是非常上等的东西。每逢聚餐的时候，面前摆放着各式各样的菜肴，即便不吃，只是看看就觉得很美。所以，从审美的角度来看，这完全比得上进一次饭馆了。

"这家里是不是有位年轻的女子？"我放下饭碗打听道。

"是的。"

"她是谁？"

"她是少奶奶。"

"这样说来，这家还有位老太太喽？"

"老太太去年死了。"

"那老爷呢？"

"老爷还活着，她是老爷的女儿。"

"你是说那个年轻的女人？"

"是的。"

"有客人吗？"

"没有。"

"这里只有我一个人住宿?"

"没错。"

"少奶奶每天都忙活些什么呢?"

"做针线活……"

"还有呢?"

"弹三弦琴。"

这个回答倒是没在我的预料之中。我觉得很有意思,便接着问:

"还有呢?"

"去寺院。"女佣说。

又一个出乎意料的答案。去寺院、弹三弦琴,太神奇了。

"去寺院上香吗?"

"不是,去找和尚师傅。"

"和尚师傅也在学弹琴?"

"不是。"

"那她为什么去找他?"

"去找大彻师傅。"

这下子我终于懂了。那块匾额一定就是那位大彻写的,从题诗的角度来看,好像是一位禅师。放在壁橱里的那卷《远良天鉴》一定就是属于那位女子的了。

"这座房间平时是空着的,还是有人住?"

"平时少奶奶住在这里。"

"那么在我来之前,这房间一直是她在住着?"

"没错。"

"这也太不好意思了吧!她去找大彻先生有什么事情呢?"

"这个我不清楚。"

"还有呢?"

"什么还有?"

"就是说,除此以外,她还做什么?"

"还有很多很多……"

"到底做些什么呢?"

"这个我就不清楚了。"

谈话到此就结束了。午饭终于吃完了。女佣过来收拾碗筷时，打开了入口的格子门。目光穿过庭院望过去，一位束着银杏发型的女子站在对面楼上，手托香腮，站在栏杆上往下看，像极了当世的杨柳观音①。和早晨相比简直判若两人，这时的她充满了宁静。她眉眼低垂，从这边看不到她的眼神，因此才会惊觉有如此大的改变吧。古人云："存乎人者，莫良于眸子。"真正是"人焉廋哉"！人体上的东西，最宝贵的东西就属眼眸了。她安静地在那座"亞"字形的栏杆旁靠着，一对蝴蝶在她的身边萦绕。忽然，有人打开了我的房门。当开门的声音响起时，女子的眼神也转向了这边。她的目光和穿过空中的毒剑很像，凌厉地落到我的眉间。我不由得愣了神，女佣又把门关上了。只剩下一个娴静的春天。

我又顺势躺了下去，心中突然出现下面的诗句：

---

① 三十三观音之一。传说她非常善良，就像杨柳春风一样聆听众生的祈求。

> Sadder than is the moon's lost light,
>
> Lost ere the kindling of dawn,
>
> To travellers journeying on,
>
> The shutting of thy fair face from my sight.

如果我对那梳着银杏发型的女子念念不忘,即便付出再惨痛的代价,也要见她一面时,突然像刚才一样刚见了面又要分开,我会觉得既兴奋又怅惘,致使我整日魂不守舍。那时,我一定会把这样的诗写出来,可能还会加上这样两句:

> Might I look on thee in death,
>
> With bliss I would yield my breath. ①

幸运的是,这种一般境界的恋呀、爱呀已经成为历

---

① 假如死后可以看到你,我将幸福地死去。

史，无法再感觉到其中的滋味了。可是，刚刚迸发的诗兴，却充分体现在了这五六行文字里。即使我和银杏髻之间没有那种柔情，可是用这样的诗来对我们两人之间的关系进行形容，也是极富情趣的。或者用这诗的意思来对我们的出身进行解释，也是让人愉悦的。这首诗之中表达出来的一部分遭遇已经将两人之间的某种因果的细丝转化为现实，以此成为我们之间联系的纽带。因果如此纤细，并没有苦味，更何况它是特殊的丝，它是在空中架起一道桥的彩虹，是云游在外的霞光，是熠熠生辉的蛛网。尽管只要轻轻一割它就会断，可是当你还可以看到它时，它依然是那么绚烂。如果这样纤细的丝眼看着越来越粗，越来越结实，变得牢不可破，那会如何呢？可是，这样的危险是不会发生的。我是画家，对方也不是一般的女子。

忽然，有人拉开了我的房门。我翻身望向门口，出现在门口的是那个银杏髻的小姐，手里托着茶盘，上面放着青瓷茶碗。

"还没起呢？昨晚不好意思啊。老是给您添麻烦，真的很抱歉。"

她笑,笑得既不羞涩,也不做作——当然更说不上不好意思。只是抢在了我的前面。

"早上谢谢你啊。"

我又向她表示了感谢。仔细回想一下,我已经非常认真地感谢过她三次了。可是,每次也只是说了"谢谢你"三个字。

女子看到我准备起床,就快速走到我床边,高兴地说:

"您不用起来,躺着也可以说话,不是吗?"

我想想她说的有道理,暂且用两手托着下巴,在铺席上弓起身子。

"我看您有些孤单,专门跑过来献茶的。"

"谢谢你。"

又表示了一次感谢。

我看了眼果盘,里面是质量上乘的羊羹。我最喜欢的点心就是羊羹了。可是,我对羊羹也没有那么大的欲望。

那柔软、晶莹的外表，经光线的照射形成若隐若现的色调，不管从哪个角度看都好像一件艺术品。特别是那专门配制成的黛青色，似乎将玉和蜡融为一体了，带给人愉悦的感觉。此外，在青瓷盘里装着的炼羊羹，似乎青瓷盘就是它的生长地，滋润、光滑，让人情不自禁想握在手里。西洋点心是不会让人有这种快感的。尽管奶油的色调极其柔和，可是却不够明亮；果子冻一眼看上去就像宝石一样，可总是抖个不停，比不上羊羹的质地。而采用白砂糖和牛奶做成的五重塔，就更不用说了。

"哦，真是太神奇了！"

"源兵卫才买回来的，您喜欢吃这个吗？"

看来，昨晚源兵卫在城里住。我一言不发，只是看着羊羹。只要好看，只要感觉好，心里就非常畅快了，不用管是谁买的，又是从哪里买来的。

"这只青瓷盘的形状和颜色都很美，可以和这羊羹相媲美。"

女子扑哧笑出了声。口角边划过一丝鄙夷。可能她觉得我在说幽默话吧。如果是幽默话,那受到鄙视就是自找的。智慧不足的男人想强行装作潇洒的样子,通常会说出这样的话。

"这是中国货吗?"

"什么呀?"对方好像根本瞧不上这只青瓷盘。

"看起来很像。"我把茶盘举起来,看了一眼盘底。

"假如您喜欢,您就拿过去看吧。"

"好,麻烦给我看看。"

"我父亲对古董很是爱好,家里收集了不少东西。我可以跟父亲说,叫他找个时间和您一起喝茶。"

一说到喝茶,我的心里就有些打鼓。世界上最会惺惺作态的风流之士估计就是茶人[①]了。他们有意把广大的诗界局限在自己的一方天地里,非常做作、拘束。茶人就是那些毫无缘由地打躬作揖,喝着泡沫而乐在其中的人。如

---

① 从事茶道艺术的人。茶道是日本的一种古典生活形式,通过品茶修养精神,学习人和人交往的礼仪法则。

果在这些烦琐的规矩里存在什么雅兴的话，那么在麻布街驻守的皇家仪仗队就更是雅兴十足了。把那些"向右转""迈步走"的家伙们都叫作茶人都是可以的。那些趣味教育缺乏的商人和市民们，对于风流是什么一脸茫然，因为对利休以来的规矩盲目遵守，觉得这就称得上风流了。事实上，这东西只是亵渎了真正的风流。

"喝茶？是那种中规中矩的茶道吗？"

"不，什么规矩都没有，不想喝的话就可以不喝。"

"这样说来，可以随便喝喝。"

"呵呵呵呵，当别人称赞我父亲的茶具时，是我父亲最快乐的时刻……"

"一定要夸赞几句吗？"

"他老啦，喜欢听好话。"

"那就说几句夸赞的话吧。"

"那就请多夸赞几句吧。"

"哈哈哈哈，你有时说话不太像乡下人。"

"您觉得我是乡下人吗？"

"还是乡下人好。"

"这下子,我觉得很有面子。"

"可是你在东京待过吧?"

"是的,待过,包括京都在内。我是个四海为家的人,哪都去过。"

"相比之下,是这里好,还是城里好?"

"一样的。"

"还是这种安静的地方要好一些吧?"

"不管舒不舒适,不管到哪里去,心情都没变。跳蚤国住够了,搬到蚊子国去住,心情还不一样烦躁。"

"如果能搬到一个既没有跳蚤也没有蚊子的国家去住就好了。"

"假如那样的国家存在的话,就拿出来让我欣赏一下,赶紧拿出来呀!"女子步步紧逼。

"您如果真的感兴趣,我就拿出来。"

我把写生本拿出来,开始作画,我画了一个骑在马上的女人,正兴高采烈地欣赏山樱。当然只是简单画了几笔，还没有形成画面，只是想把那种心情粗略表现出来而已。

"看，请到这里来住吧，这里可没有跳蚤和蚊子一类的东西。"

我把写生本凑到她跟前。我不知道她是会觉得吃惊，还是不好意思，可是总归不会觉得难受吧。我这样想着，同时注意着她的表情。

"啊，这个世界也太小了吧，就只有这么一点点，这样的地方估计只有螃蟹才会喜欢。"

说完，她朝后退了一步。

"哈哈哈哈。"我狂笑不止。正在屋檐边鸣叫的黄莺，也忽然停了下来，朝远处飞去了。两人都沉默了下来，竖起耳朵聆听了好一会儿，歌喉一旦觉得疲惫了，就很难再张开了。

"昨天您在山上看到源兵卫了吗？"

"看到了。"

"长良姑娘的五轮塔也看到了？"

"是的。"

"大地秋光冷,群芳迟未开。妾本花间露,一去不复来。"

女子自顾自吟诵起这首歌,也没多在意它的节奏。我不清楚她为什么要这样做。

"我在茶馆里听到过这首歌。"

"是那老婆婆跟您说的吧?她原本在我身边干活,那会我还待字闺中呢……"

忽然,她侧头看了我一眼,我假装不知道。

"年轻的时候,她每次来都会把长良姑娘的故事讲给我听。只是我一直记不住这首歌,直到最后反复听,才会背诵了。"

"这的确不简单啊,可是,这首歌会让人觉得难过呢!"

"难过吗?我是不会唱它的。首先,投河自尽也太无能了吧?"

"是很无能,换作是你,你会怎么办?"

"怎么办？那还不简单！什么笹田啊，笹部啊，统统收作男妾不就行了。"

"两个都要？"

"当然。"

"你真伟大！"

"这有什么伟大的，这不是理所当然的嘛。"

"对了，这样你就不需要跑到蚊子国和跳蚤国去了。"

"不向螃蟹学习也可以活下去了。"

啾啾，啾啾——早被遗忘在一边的黄莺似乎又有了生机，开始啼叫。它的叫声是那么嘹亮，只要重新开口了，声音的流露也就不成问题了。它转过身来，用尽全力唱着。

啾啾，啾啾……

"真正的歌应该是这样的呢。"女子跟我说。

五

"请问,少爷也来自东京?"

"你觉得像吗?"

"我一眼就可以看出来像不像,通过口音就可以判断出来。"

"那你知道我来自东京的哪个地方吗?"

"这个就有点难了,毕竟东京那么大。可是您不像来自下町，是山手①。山手的麴町对不对？嗯，如果不对的话就是小石川，要不然就是牛込或四谷。"

"猜的基本上对，你知道的可不少啊。"

"千万别门缝里看人，把人看扁了，我之前在东京待过很长时间呢。"

"难怪如此聪明。"

"哎嘿嘿……别开我的玩笑啦！人到了如此境地真是可悲可叹啊。"

"为什么沦落到这乡下来了？"

"是的，就像少爷所说的，就是沦落至此，天天饿肚子啊……"

"原本是开剃头铺的吧？"

"不是老板，只是一个打杂的。什么？在哪里？就在神田松永町。那个地方不仅小的可怜，而且还很脏、很

---

① 下町是旧东京下层人民和工商业者的居住地，山手住的则是高级职员和知识阶层。

破。少爷兴许不知道,那里不是有座龙闲桥吗?啊?那里您也知道?龙闲桥还蛮有名呢!"

"哎,再弄点肥皂上去,好疼啊。"

"疼吗?我性子急,像这样,不伐着胡碴儿,按顺序挖汗毛眼儿,我就难受啊。——如今的理发匠,是用揉的,不是剃的。很快就好了,你再忍一忍啊。"

"从刚才开始,我就一直在忍,麻烦您啦,擦点热水,弄点肥皂啥的。"

"很难忍受吗?不会吧。可是,您的胡子也确实太长了。"

剃头师傅原本用力掐着我脸上的肌肉,这时只好悻悻地松开了。他把一块薄薄的红色的肥皂放在水里泡了一下,然后胡乱涂抹在我的脸上。我的脸很少被人这样直接涂上肥皂,而且那浸泡肥皂的水一看就是几天前的了,更让人觉得难受。

既然我是到理发店剃头的顾客,就只能对着镜子坐着。可是,从刚才开始,我就不想再这样坐着了。镜子是平的，那么照出的人像也必须是平的才行。假如所挂的镜子不具备这种性质，还非要让人照，那么强逼人家照镜子的人就好像一个拙劣的摄影师，有意践踏对方的容颜。从修养方面来说，去除虚荣心兴许是一种方式，可是看到一个地位低于自己的面孔，似乎在说："这就是你呀。"也不需要这样羞辱我啊。现在，我必须耐心地坐在镜子前面。毫无疑问，它一直在羞辱我。转向右边时，整个脸孔就只剩下鼻子；转向左边时，嘴巴都跑到耳朵后面去了；抬起头来，五官被挤成一团，就像一只蛤蟆的脸；稍微把身子弯一下，脑袋就变得长长的、细细的，像个老寿星。在这面镜子面前，你可以同时扮演多种角色。先不说我在镜子里的形象和美完全不沾边，就是只考虑镜子的构造、颜色、银箔的剥落、光线的通过等方面，这物件原本就丑陋不堪了。被一个小人咒骂时，人不会因为咒骂本身而觉得难堪，可是如果要生活在这样的小人面前，换作是谁都会觉得难受。

更何况，这位剃头的老板太不一般了。一开始从外面向里看时，他拖着长烟管，两腿交叉在一起，不停地朝玩具一样的日英同盟国旗上吐烟圈儿，看上去很没有精神。等我进来以后，请他帮忙剃头时，我简直惊呆了。刮胡子的时候，他就那么冲动，甚至连我自己都开始怀疑，这脑瓜子究竟是属于这位老板，还是属于我？就算我的脑袋牢牢地长在我的肩膀上面，可是被他这么一蹂躏，也很快就会分家了。

他在用剃刀时，完全把文明的法则抛到了一边。刮脸时也太用力了，剃到鬓角时，动脉像受到巨大刺激一样跳个不停。当利刃刮到下巴上时，就如同在结霜的地面上踩，"咯哩、咯哩"的声音响个不停。这位老板居然还自称是日本第一把刀子呢！

他确实是喝醉了。每张口说一句话，就会有一阵异样的气味飘出来，酒气扑鼻，我真担心这剃刀什么时候会从他手里掉落。既然连持刀的主人都是一副迷茫的状态，那么贡献出一张脸的我就更不知道了。既然这张脸已经被我交出去了，就算受点轻伤，我也不会说什么了。可是我现在担心的是,如果他把我的喉咙管割断了,那该怎么办?

"刮脸抹肥皂,只有那些技术不好的人才会这么做。可是,少爷您这胡子也的确太难修理了。"说完,老板把滑溜溜的肥皂朝架上扔过去,遗憾的是那肥皂却没有听他的指挥,滑到了地面上。

"少爷,很少看见您啊,您是才来这儿的吧。"

"两三天前才到这里来。"

"哦,在哪儿住?"

"志保田家。"

"唔,您时常在那里住?我已猜到点什么了。实事求是地说,那家老太爷也的确给过我不少照顾。那家老太爷在东京的时候,我就在他家旁边住,因此很熟。他是个名副其实的好人,既有学识,又有礼貌。去年夫人死了,现在天天和那些老古董为伍——成色倒是不错呢,要是卖的话,可以卖不少钱呢。"

"他家是不是有个很美丽的小姐?"

"好可怕呀!"

"什么?"

"什么,实话跟您说吧,少爷,她可是离了婚的。"

"是吗?"

"事情根本没那么简单。她原本可以在夫家待着的,可是银行倒了以后,她觉得自己不能享福了,就回娘家来了,真是一点情分都不讲啊。老太爷活着倒无所谓,可是等老太爷百年以后,可怎么办呢?"

"是吗?"

"当然啦,老家里的哥哥并不待见她呀!"

"她还有老家?"

"当然,就在山冈上。您可以去那里走走,那里风景不错。"

"嗨,再给我弄点肥皂上去,又开始疼了。"

"您的胡子怎么回事?怎么一直疼呢?这胡子也太硬了。少爷的胡子必须三天刮一次。幸亏您是到我这来刮,要是换了其他地方您就更疼啦。"

"行,以后就这样,每天来一次。"

"您要一直待在这吗?那可太危险了!还是算了吧,那没什么好的。如果惹上了什么麻烦,也许会更不幸呢。"

"为什么?"

"少爷,那姑娘尽管长得很美,可却是个疯子。"

"为什么?"

"为什么,少爷,村上的人都这样叫她呢。"

"也许是存在什么误会吧?"

"哪里,那可是有真凭实据的呀。您还是算了吧,那太危险了。"

"我不怕,有什么真凭实据呀?"

"说出来会让人忍俊不禁,给,您抽支香烟,我们慢慢说。要洗头吗?"

"不要了。"

"我给您把头垢去了吧?"

老板的十个手指甲都满是污垢,就这样直接放在我的头盖骨上,开始激烈地运动起来。这指甲分离开我的每一根头发,就好像巨人的钉耙直接抓进一片荒芜地带一样,来去如疾风。我的头上有多少根头发我不知道,我只觉得根根头发像被连根拔起一样,整个头皮都开始肿了。老板用力抓着我的头颅,只要是指甲到达的地方,整个头颅都开始震动。

"怎么样,是不是很舒服?"

"你真是一把好手!"

"哎,如此一来,换作是谁都会觉得高兴的。"

"脑袋都快要搬家啦。"

"有那么累吗?那一定是因为天气。只要春天到了,人就不想动了。嗨,休息一会儿吧,一个人在志保田家待着,是挺无聊的,我们说说话吧。江户哥儿总得和江户哥儿聊天才会有话题。如何?接待的还是那位姑娘吗?她是个不会思考的女人,这可如何是好。"

"不要管那小姐怎样了,头皮到处飞,脑袋都快要搬家啦!"

"可不是嘛,一扯起来,就什么都没了,真是想停也停不下来——于是,那个和尚看上她了……"

"那个和尚？是哪个和尚？"

"就是观海寺的火头僧啊……"

"什么火头僧、住持和尚，你压根没有提过呀。"

"是的，我脾气太急了。那和尚长得很帅，一表人才。少爷您猜最后怎么样，那家伙竟然还给这女人写了情书呢。——哎呀，等等，也许是亲自登门的，不，是写信，一定是写信。如此一来……这样……反正，情况不太对劲。嗯，是的，是这样的，结果那家伙被吓得不轻……"

"谁吓得不轻？"

"那女的。"

"女的收到情书被吓得不轻吗？"

"如果是那女的，我就不会说那女的是个疯子了。她怎么可能会吓一跳？"

"那么到底是谁被吓得不轻？"

"当然是表达爱意的那个人啦！"

"他不是没有亲自到她家里去找她吗？"

"哎，我的性子太急了，弄错了，是收到信以后。"

"那么说,依然是女的啦?"

"不是,是男的。"

"男的?你是说那和尚?"

"嗯,就是那个和尚。"

"那和尚为什么被吓得不轻呢?"

"为什么,和尚正和师父在金堂里念经,那女的忽然冲进去——哦呵呵,还真是个疯子!"

"后来呢?"

"那女子说:'既然你那么喜欢我,那么我们就当着佛爷的面睡一觉吧!'说完就把泰安先生的脖子搂住了。"

"哦?"

"泰安一下子慌了神,他写给疯子的一封情书,让自己丢了脸面。这天晚上,他就偷偷自尽去了。"

"死了?"

"应该是死了吧,他还怎么活下去呢?"

"这个倒是不好说啊。"

"是啊,那女人是个疯子,根本不需要自尽,也许他还活着呢。"

"真有趣。"

"不管有没有趣,村里人都是当笑话讲的。可是她本人是个疯子,根本不在乎。如果所有人都像少爷您一样正直就好了,可是那女人再怎么说也是个疯子,如果不注意逗了她,也许会遭受不幸呢!"

"确实要当心点,啊哈哈哈哈。"

从温暖的海滩上吹过来阵阵怡人的春风,门帘也被掀了起来。燕子从下面斜飞而过,那影像不时在镜子里出现。对面人家一位约莫六十岁的老爷子,正在屋檐下面蹲着剥海贝。小刀只要割下去,笊篱里就会出现鲜红的贝肉。那些贝壳亮光闪闪,把二尺多长的水汽给隔开了。贝壳堆得像小山一样,不知道是牡蛎、马鹿贝,还是马刀贝。贝山有几个地方塌陷了,沉到砂川的底部,从俗世离开,到了另一个黑暗的世界。老的贝壳被埋葬了,很快就会出现新的贝壳,聚集在柳树下。老爷子没空思考贝壳去哪儿了,只是不停地把空贝壳扔到水汽里。他的笊篱好像根本没有底，他的春天好像充满了乐趣。

一丈多宽的小桥下，有砂川流过，把一河春水注入大海。我不禁心生疑问，在那春水、春海交汇的地方，几丈高的大网纵横交错地晾晒着，不时将暖融融的水腥送给穿过网眼，朝村庄吹去的软风。在渔网之间，海水怡然自得地翻动着，那凝重的水色好像可以溶化钝刀。

这景色和剃头老板格格不入。如果这位剃头老板让我觉得他可以和周围的风光相对抗的话，那么，居于这两者之间的我，就会觉得不相容。幸运的是，这位老板不是什么大人物。无论他多么自恃是江户哥儿，无论他多么健谈，都没办法抗衡这浑然天成的景象。卖弄口才，想要毁坏这种景象的剃头老板，早已变成一芥微尘，在这恰人春光中漂浮。而矛盾只能在力和量、精神和肉体等水火不相容，而又程度相当的物或人之间存在。当二者存在巨大的落差时，矛盾就会慢慢被销蚀，慢慢消失，甚至服务于获胜的一方。才子成为大人物的左膀右臂，愚者成为才子的臂膀，牛马成为愚者的亲信，都是这个道理。现在，我的这位老师正在大好春光的衬托下，上演着一出幽默搞笑剧。原本美好的春景都会因为他的存在而遭到破坏，现在反倒对春的意蕴进行了丰富。在这三月已经快过去了一半时，我由衷地觉得自己认识了一位不识人间愁滋味的丑角。这位如此便宜的吹牛大王和这平和的春光太协调了。

如此想来，就觉得这个老板不仅可以用作画画的素材，也可以用作写诗的素材了。原本早就应该走了，可是我却故意多待了一会儿，和他扯闲篇。这时，有人把门帘掀开了，一个小小的和尚头钻了进来。

"很抱歉，给我剃剃头。"

小和尚身穿白棉布衣服，腰间束着圆形腰带，材质和衣服一样，外面是一件粗劣的法衣，看上去很活泼。

"了念哥儿，怎么样，上次在外头玩得忘记回去，是不是挨骂了？"

"才没有呢，我师父还表扬我了呢。"

"叫你去办事，你却半路抓鱼去了。师父还夸你很厉害，是不是？"

"师父表扬我,说我很会玩,很厉害,像个大人一样。"

"难怪头上都起疙瘩了。你这头这么不规则,我可没有办法给你剃,你回去揉平了再来吧,今天就算了。"

"如果可以揉平,我早就跑去本事更高的剃头店里了。"

"哈哈,脑袋这么多疙瘩,嘴巴倒是挺厉害呢。"

"你没什么本事,喝酒倒是一把好手呢。"

"混蛋,谁没什么本事?"

"这话是我师父说的,不是我说的,你发那么大火干嘛,真是白活这么大岁数了。"

"唉,太倒霉了——您看,少爷。"

"啊?"

"和尚们在那么高的台阶上面住,整天怡然自得,嘴上功夫当然不饶人了。连这个小东西都这么能说。哎,把脑袋放平一点,我叫你放平点啊!你要是不听我的,我就拿刀削你。我削啦?哦,可是会流血的。"

"好疼啊，你怎么乱来啊？"

"这么点耐性都没有，还跑去当和尚？"

"我已经是和尚啦！"

"你跟和尚一点都不像。喂，我说小和尚，泰安师父是怎么死的，你知道吗？"

"泰安师父还活着啊。"

"还活着？真的？他不是死了吗？"

"从那以后，泰安师父就立志好好修行，还专门跑到陆前的大梅寺去潜心修行，现在已经是一个学识渊博的名僧了。这再好不过了！"

"好什么好呀？不管什么样的和尚，深更半夜跑出去总是不好的吧。你可得小心点，要不然哪天被辞退了。再怎么说是女人哪！对了，说到女人，那个女疯子还跑去和尚那里吗？"

"什么女疯子？"

"你这庙里的烧火棍，怎么跟你们说不明白！到底有没有去？"

"没看到什么女疯子,只看到志保家的小姐。"

"只靠和尚念经,根本就不行,之前那个少爷在兴风作浪呢。"

"那小姐是个很伟大的女子,师父对她赞不绝口呢。"

"一到那石阶上,一切就都反过来了,真叫人无法忍受。无论和尚说什么,疯子就是疯子。好,剃完啦,赶紧回去挨骂吧。"

"不,我还要再待一会儿,回去好让他称赞我。"

"随你,一张嘴不饶人的调皮鬼!"

"嘿,你这干屎橛①!"

"你什么意思?"

那亮晶晶的光头早已从门帘钻了出去,到春风中去了。

---

① 经常用于禅宗的问答中,意思是从粪便中也可以找到真理。

六

黄昏时分,我坐在桌子前面,门和窗户都是开着的。房客稀少,屋子也比较宽敞。我的住房和几曲回廊相邻,和那片有几个房客出出进进的地方离得很远,不会听到什么响动,我的思索也得以继续进行。今天更安静了。房东、姑娘、女佣、男仆,都不知道躲到哪里去了,只有我一个人留在这里。说他们躲起来了,并不是躲到了一个寻常之地,而是躲到了红霞之国,或者白云之乡吧?也许他们就这样在海上漂着,连舵都没有掌,恍惚间,竟漂到了白帆和云水融为一体的境界，到最后连白帆都分不清了，不知道如何区分自己的云水了。——看样子，他们的确是躲到那里去了。要不然，就是突然在春光之中消失了，过去的四大①，现在已经是肉眼无法看到的灵氛了，在这广袤的天地间，就算通过显微镜也难以找到一丝踪迹了。要不然就是化成了云雀，把菜花的金色都啼尽以后，飞到了幽暗的境地。又或者变成了花虻，忙碌着把春天送走之后，把凝固在花蕊里的甘露吸干，躺在凋谢的茶花下面睡着了。总的来说，四周安静极了。

春风从空旷的房舍悠悠地吹过，既不是感谢欢迎者，也不是埋怨拒绝者。它独自来，又独自去，这是公平的宇宙的意志。我的手掌把下巴支撑着，我的心一片荒芜，春风没有接到邀约，它来去自由。

想起我们的脚踩在地上，就担心它会裂缝；明白我们头顶上是天，就担心闪电会把我们的脑袋劈开。不与人发

---

① 佛教用语，又称四大种，即地、水、火、风。

生争执，是不可能自立的。现实如此强人所难，人生难免要吃苦。在东西之分的乾坤居住，必须从利害之门通过。现实的恋人就是你的敌人。肉眼可看到的财富，事实上是粪土；争来的名誉，就好像狡诈的黄蜂酿制的花蜜，看上去醇美，实则丢下针刺离开了。所谓的快乐，都是从对物的执着之念而来，所以里面包藏着数不尽的痛苦。可是诗人和画客，都可以对这个满是矛盾的世界的精华加以反复咀嚼，对其中的雅趣有更深刻的领会。餐霞咽露，品紫评红，到死方休。他们的快乐不是从对物的执着之念而来，而是和物在一处转化。如果转化成物，苍茫的大地上就无法再找到树立自我的空间了。于是把泥团一样的肉体自由地丢开，使无边熏风都在破笠之中蔓延。我之所以沉溺在对这种世界的想象中无法自拔，并不是我喜欢与众不同，借此对市井铜臭小儿予以恐吓，只是为了把这中间的福音讲出来，以把有缘人都招募进来。从本质上来说，所谓诗境、画境，每个人其实都有。尽管经历了不少风霜、白首呻吟之辈，等他对这一生进行回忆，对自己一生的荣辱进行审视时，也会从那衰老的身体中生出一丝微光，产生一种感兴，使他不由得拍手叫好。假如不能产生这样的感兴，那他这一生就活得太没有意义了。

可是，诗人的感兴并不只是即兴于一事，只化为一物。有时化作一瓣花、一双蝶，有时像华兹华斯那样化作一团水仙，让惠风在自己的心胸上随意吹拂，这都屡见不鲜。有时难以捉摸的周围的景色会占领我的心，可是我的心又察觉不到是什么东西抢占了我的心。有人说，这是和天地发生关联的耿气；有人说，这是在灵台上听无弦之琴；还有人可能会这样形容：因为难以分清，所以在无限之域久久徘徊，在虚幻之路飘来荡去。不管怎么说，都是各人的自由。这也正是我独自坐在硬木桌前的茫然心态。

我分明什么也没有想，我的眼前也的确空无一物。我的意识里不存在任何带有明显色彩而活动的东西，因此我不能说已经和所有事情在一个地方转化了。可是，我依然处于活动状态。既不是活动在世上，也不是活动在世外，只是无意识地在动。不是因为花、鸟、人而动，只是隐隐约约在动。

　　假如非要我加以解释,我要说,我的心只是和春天一起活动,将所有的春光都融合到一块,炼成仙丹,和蓬莱的灵液相混合,用经过桃源的日光浴后所得到的精气,不自觉地进入到我的毛孔,我的心也在无形中达到了饱和。一般的同化都会包含着刺激,而刺激会带来快乐。因为我的同化不知道是和什么物一起,所以没有任何刺激。因为刺激不存在,所以就产生了一种难以名状的快乐。这和那种随风起浪、轻薄骚然的乐趣不一样。它可以和那高深莫测、流动在大陆和大陆之间、烟波浩渺的沧海相提并论,只是活力比不上而已。可是这也就是幸福所在。如果发现了巨大的活力,还会出现一个疑问:不知道什么时候,这活力就会被消耗完。而一般的状态中却不会出现这样的疑虑。我的心更淡于平常,在现在这种状态里,不仅不需要担心巨大的活力将要消耗完,而且也挣脱了那种寻常心境。所谓淡,只是意味着难以捕捉,并不用担心过分羸弱。诗人所谓冲融和澹荡的语言,把其中的玄妙准确地表达出来了。

我想，在画里面画上这种境界会如何呢？那一定不是寻常的国画。我们平常所说的画者，只是把眼前的景色原样搬进去，或者经由我们过滤以后，选择美的东西画到画绢上面。人们觉得，花依然是花，水依然是水，人物依然是作为人物在活动，这就把绘画表达得很完全了。假如可以再进一步，便可以把我感觉的物象和我感到的情趣融为一体，在画布上尽情挥毫，让其更加逼真。这种艺术家的思想，就是在自己捕捉到的万象上寄托特别的感兴。所以，他们假如不将所看到的物象的观感特别明确地诉诸笔端，就不能叫作作画。我从各个角度观察纷繁复杂的事物，会产生各种想法，而这些看法和感想不仅不会落入前人的俗套，也不会被过去的传统所掌控，它把自己的观点最准确地表达了出来。如果不是这样的作品，就没有资格叫作自己的创作。

这两种创作家可能在主客深浅上会存在不同点，可是双方除了有明确的刺激不能作画这一点不同以外，其他都是相同的。可是现在，我要描述的主题却有点模糊。这是我把所有感觉都派上用场，在心外观察到的，我当然无法知道形状是什么样的，颜色是什么样的，也无从分辨阴影如何，线条如何。我的感觉不是来自外界，就算来自外界，也不是在我视线中存在的固定景物，因此没办法把缘由明确指出来告诉他人，有的只是心情感悟，而这种心情要怎么在画上体现出来——不，通过哪一样事物把这种表达出来才有可能获得别人的肯定？这的确是个问题。

寻常之画，不掺杂情感在其中，只要有物象就可以。第二种画，要包括物象和情感在内。而第三种，只存在一种心情。所以，要作画，必须选择和这种心情的表达相吻合的对象。可是，这种对象是很难得到的，就算得到了也难以用于画中。就算用于画中，有时又不同于自然界存在的景物情趣。所以，一般人会觉得，并不是画，就包括作画人自己也不认可它表现的是自然界的局部，只是感兴之余把当时的心情表达出来，让迷惘的心境有了一丝生趣，就觉得获得了莫大的成功。有史以来，在这种困难重重的事业中，我们不清楚，有没有画家获得完美成就。如果要把在一定意义上可以列入这种流派的作品列举出来，那就是文与可①的竹子，云谷②门下的山水，再然后就是大雅堂③的景色，芜村的人物。而西洋画家，基本上都是以具体的世界为立足点，基本上都不能倾向于神韵。所以，还真不知道有几人可以采用这种笔墨把物外的神韵表达出来。

遗憾的是，雪舟、芜村尽力刻画的一种气韵，太单纯、太呆板了。从笔力这个角度来说，尽管大家无法抵达这种境界，可是我要描画的心情稍微复杂了一点。就是因为复杂，所以很难把感情都在一张画中表达出来。我不再用双手支撑着下巴，而是把两腕握到一起，趴在桌上沉思，仍然找不出其中的答案。我想，一定要打造这样一种

---

① 文同（1018—1079），中国北宋画家，字与可，擅长画竹，并以此而闻名，有"湖州竹派"之称。
② 云谷等颜（1547—1618），日本安土桃山时代画家，云谷派创始人，效法雪舟，称雪舟三世。
③ 池大雅（1723—1776），江户中期南画家，雅号是大雅堂。

境界：在把色彩、形状和情调都确定下来以后，自己的心突然把自己认出来了，说一声："原来在这里！"就好像为了找到那个和自己诀别的亲儿子，把六十多个州都跑遍了也一无所获一样，正在日思夜想时，突然有一天在十字街头偶遇，不自禁地叫出声："哦，在这里！"唯有如此才可以。这是很难的。只要拥有如此神韵，不管别人看了说什么都无所谓了。哪怕被骂这根本不是画，也不必放在心上。只求色调可以把这种心情的一部分表达出来，线条的曲直能够展现几分气韵，画面的设置可以把几分神韵表达出来就可以了，那么，即便表现出来的是马或牛的样子，或非牛非马的样子也不会让人厌烦。即便没有让人厌烦，也依然画不出来。我把写生本收起来放在桌上，凝神望着它，脑子里飞速旋转，可仍然一无所获。

我把铅笔放到桌上，想到在画面中展现出这种抽象的乐趣，再怎么说都是一种失误。人的差别微乎其微，所以也一定可以在很多人中找出和我志趣相投的人，并采用某种方式试图永久化这种感兴。既然如此试验了，那么会采取什么样的方式呢?

可是,我的眼前突然出现了"音乐"两个字。对,就是在这种时候,因为情境需要而不得已发出的自然之声就是音乐。我如今才意识到应该学习音乐、聆听音乐,可遗憾的是,我根本不懂音乐。

其次,我又进入第三领域,把它写成诗会怎么样呢?印象中有个叫莱辛[①]的人曾经说过,如果一件事情出现的前提条件是时间经过,那么就都可以划到诗的范畴。诗和画在他眼里是两种截然不同的东西。如此看来,现在我急切要展现出来的境界,诗是完成不了的。尽管我心情愉悦时的心理状态可能会有时间的经过,可是却没有因为时间的流逝而慢慢把事件内容铺展开。我并不是因为甲去乙来,乙灭丙生而感到高兴。从一开始,我就高兴于深远地将同一时间的情感把握住了。既然是对同一时间的把握,

---

[①] Gotthold Ephraim Lessing (1729—1781),德国诗人、剧作家、评论家。

那么翻译成一般语言时,就不需非要在时间上安排材料,和绘画一样,从空间的角度把景物配上去就可以了。只有一个问题,那就是在诗中摄入什么样的场景,是不是把它那毫无凭借的样子反映出来。既然把这一点抓住了,那么即便不以莱辛的说法为依据,也可以组成诗,无论荷马如何,也无论维吉尔①如何。我觉得,假如诗适合把一种心境表达出来,那么,即便不凭借受时间掌控而持续向前发展的事件,只要绘画上的空间要素是齐备的,用语言也能够描绘出来。

无论怎样议论都无所谓。我也许把《拉奥孔》之类的著作给忘了,因此用心检查一遍。可能我的想法有些奇特。总的来说,即便作不成画,也要尝试着作作诗。我把铅笔和写生本都拿出来,前后晃悠着。过了好久,原想着铅笔尖可以自动开始运转,可是它却纹丝不动。就好像突然把朋友的名字给忘了,而这个名字就在喉咙管里卡着,

---

① Virgil(前70—前19),古罗马诗人,代表作有史诗《伊尼特》。

只是一时失语了，于是断了念想，这个没来得及说出口的名字又回到了肚子里。

搅拌葛粉汤时，一开始总是用不好筷子。过了一会儿，慢慢有了黏性，搅拌的时候也要用力一些才行。这时顾不上这些，继续用筷子不停地搅拌，直到搅不动才停下来。结果不用强求锅里的葛粉，它们都拼命往筷子上沾，作诗也是这样。

没有任何凭借的铅笔开始运动了，越来越有力，二三十分钟过后，写下六句诗：

青春二三月，愁随芳草长。
闲花落空庭，素琴横虚堂。
蟏蛸挂不动，篆烟绕竹梁。

尝试着读一下，这些句子都可以作画。我这样想道，早知如此，一开始作画就好了。为什么和作画相比，作诗要简单一些呢？作到这里，下面好像应该就会容易一点了。我想把几句不能入画的情况吟诵出来，考虑了良久，才写了出来：

> 独坐无只语，方寸认微光。
> 人间徒多事，此境孰可忘。
> 会得一日静，正知百年忙。
> 遐怀寄何处，缅邈白云乡。

重新读一遍，觉得还不错，之后要说把我刚才那种超脱的境界写出来了，倒又觉得没有意思了。我把铅笔拿在手里，想趁着有灵感再写一首。不经意朝门口看了一眼，看到敞开的格子门的三尺空间里，忽然闪过一个倩影。哦，太奇怪了！

我回过头看向门口，那倩影有一半已被门挡住了。这人影好像在我看到之前就已经出现在那里了，当我抬起头时已经走开了。我把诗放在一边，凝神看着门口。

一分钟不到，那人影又出现了，只不过这次是从相反的方向。一个身材修长、穿长袖和服的女子在对面楼上的走廊里安静地走着。我情不自禁地把铅笔扔了,刚吸进来的一口气也瞬间凝固住了。

阴沉沉的天空下,浓云不断朝地面压过来,这是要下雨的典型征兆。傍晚时分,闲适地在栏杆旁走来走去的长袖倩影,时不时出现在阴暗的空气中,中间隔着一座三四丈宽的庭院,然后就是我的房间。

这女子一个字也不说,也不到处观望。她就这样安静地走着,她的长裙在廊上拖曳着,一点声响都听不到。因为离得太远了,齐腰的裙裾上有什么样的彩色花纹根本看不清。只看见底子和花色相连的地方浑然一体,让人觉得那是夜和昼的境界,这女子原本行走在夜和昼的境界呢。

她准备穿着这身长袖和服在长廊里走多少遍呢?我不清楚。我也不清楚她是从什么时候开始把这身奇特的衣服穿在身上,进行这种奇特的散步的?我更不知道她为什么要这么做。这丽人倩影这么美丽大方,这么安静庄重,这么执拗地不停地进行这种常人无法理解的举动,时不时在门口出现，让人觉得很不一样。她是在对离去的春天的仇恨进行控诉吗？却为什么又那么心不在焉？要说她真的是心不在焉，却为什么又要打扮得如此招摇呢？

天色越来越晚，春意缠绵，没过多久，门外薄暮冥邈，恍惚中出现了绚烂夺目，她的衣带太显眼了，应该是织金缎子吧？那绚烂的织物从茫茫的夕暮中来，正朝辽阔、幽远的境界隐去，就好像绚烂的春星，跌入黎明前紫色的天空。

太玄之门自动打开了，眼看着这情影即将被幽冥之府吸走时，我出现了这样的感觉：身穿这样的服饰，原本应该在金屏银烛之前度过美好的晚上，可是现在却一点怨言都没有，义无反顾地从这色相世界离开。从某一点来看，这种情景是超自然的。从那紧紧相逼的黑影看过去，我似乎看到那女子一点都不慌张，一直用同样的步调严肃地徘徊在同一个地点。假如她不知道灾难马上要降临到她的身上，那可真是太悲惨了。又或者说她原本就应该去那黑暗之所，那短暂的幻影马上就要回到之前的冥漠中去，因此她才如此淡然,如此逍遥吧。当女人长袖服饰上杂乱的花纹慢慢消失、和墨黑的暗夜相融时,就会把她原本的面目显现出来了。

　　我还想到,一个美人儿进入了香甜的梦乡,还没有醒过来,就迷迷糊糊地停止了呼吸,从这个世界离开了。那时,在枕边守护的我们,一定会很悲伤吧。假如一个人费尽周折死去,他本人当然会觉得生存的意义为零,在他身边守护的亲人可能觉得把他杀了反倒是出于对他的同情。可是,一个进入梦乡的孩子会有多大的罪责呢?在沉睡中带他去冥府,就好像在他没有察觉到死这回事时给他当头一棒,把他可爱的生命夺走了。如果一定要把他杀了,也应该让他清楚无法救赎的罪过,自此不再想着生,再为他念几句佛。在死的条件还没有达到,而死的事实已经明白无误时,有人给死者念佛,给死者祈福,那么,这阵阵诵经之声,就是非要将已经一脚迈进阴间的人召唤回来。当本人从短时间的小憩不自觉转入永久沉睡以后,他会觉得把他召唤回来是想逼迫他再次品尝已经摆脱的苦恼,反倒会觉得难受。可能他想："大慈大悲,请不要把我喊回来,让我静静地睡下去吧!"可是我们依然要把他唤回来。我想,如果这女人的身影再次出现在门口,我要呼唤她,拯救她于梦幻之中。可是,当我看到这个身影从三尺宽的空间像梦一样一闪而过时,不知道为什么,我再次呆住了。我打算好一定要叫她一声,谁知道她又早已倏忽闪过了。我正在想,为什么我没有发出声音呢?这时,她又走回去了。看她那样,根本没有发现有人在偷窥她,有人多么替她着急呢。虽然我很担心她,可怜她,可是她根本无视我。我只想着下次无论如何要叫她,不知道过了多久,耐性已经保持太久的云层洒下了漫天雨丝,封锁了女子的身影。

七

气温骤降,我把毛巾拿上到下面去洗澡。

先在三铺席的房间里脱掉衣服,然后从四段楼梯上下去,到八铺席大的浴室去洗澡。这里看起来到处是石头,地面是花岗石,正中央是一个四尺多深的浴池,和豆腐店的汤槽很像。尽管和槽很像,可是也是用石头打造的。既然叫矿泉,含有各种成分是理所当然的吧。水色看起来很澄净,在里面沐浴很舒服。我时不时含口水在嘴里,没发现有什么特别的味道。听说这水可以治病,我没有去求证，因此也不清楚它到底有什么功效。我身上没有什么顽疾，所以根本没有关心它的实用价值。每次只会想到白乐天的诗句："温泉水滑洗凝脂"。只要听到温泉这个词儿，这句诗就会马上浮现在我的脑海里，心情也会变得愉悦起来。在我看来，正是因为温泉可以赋予人这种心情，所以才把其作为温泉的价值体现出来了。对于温泉，我只有这样的渴望，别无其他。

我把身体泡到水里，泉水到达乳下。不清楚泉水的源头在哪里，时常从浴槽溢出去，看上去很干净。春天石头还是湿湿的时候，踩上去很舒服。春夜细雨，滋润万物。只有房檐上因为积聚了太多的雨滴，滴答作响。浴室里到处是水汽，漫天铺地，似乎要把所有空隙都堵住。

我的身子被安放在这寒冷、雾气迷蒙、浩渺的巨大空间里，周围充满了各种奇怪的景象，而浴客的肌肤被春夜的水汽如此柔和地裹挟着，我都开始怀疑自己是不是变成了古人。这水对你的缠绕并不是特别紧密，让你无法看清事物；可是它也不是薄如轻纱，吹弹可破，让你可以轻易地把下界和自己看清。任你冲破一层又一层，却依然无法把这团烟雾冲开，那美丽的彩虹似乎从各个方向蜂拥而至，淹没了我。有"醉酒"这一说法，可是"醉烟"的说法却不曾有过。即便有过，用在雾上也不合适。用在霞上也有点牵强，比较合适的一种用法是一个"霭"字再加"春宵"二字。

我把头抬起来靠在浴槽边上，让身体在洁净的热水里尽可能漂向自由的地方。我的魂魄四处游离，就像水母一样。假如人世有这样的感觉就太好了。把是非之锁打开，把紧紧关着的门闩打开。抛开一切，既然在温泉中泡着，那就和温泉化成一处好了。在流水中生活是快乐的，假如灵魂也可以随遇而安，那就太幸运了。如此看来，土左卫门[1]到底还是个风流人物。印象中史文朋曾经用诗对一个女人溺亡的愉悦之感进行了描绘。我一直以为最痛苦的莫

---

[1] 日本古代力士，皮肤很白，身体很肥实。之后这个名字就被人们用来比喻溺死的人。

过于米勒的奥菲莉亚，现在看来，她太美了。我之前一直很疑惑，为什么他要以这个让人不悦的题材为主题，现在想来她的确是可以用作画画的素材的。不是浮在水面上，就是沉到水底下，那种怡然自得的状态肯定非常美。两岸被各种花花草草所覆盖，只要可以和水色、漂浮的人的脸色、衣服的颜色相统一，就可以入画。可是，如果漂浮的人神色很亲切，那称作神话或寓言都不为过。整幅画作的精气神都会因为倔强痛苦的形象而遭到破坏，而淡定、无欲无求的面孔却不能将人情反映出来。那么，把什么样的面貌画出来才算成功了呢？可能米勒的奥菲莉亚是成功的，可是无法确认他的精神和我的是不是相统一的。米勒和我是两个独立的个体，我想通过自己的兴趣画一个风流的土左卫门，可是我心里执意追求的形象却又没有出现在我的眼前。

我随意地在热水里泡着，作了一首土左卫门赞。

雨淋则湿，霜打则冷。

泥土之下，幽暗凄清。

浮则波上，沉则波底。

春水浩荡，何言苦寂？

我一边吟诵着这首赞词，一边在水中闲适地漂着，突然耳畔响起了三弦的声音。如果有人叫我美术家，我还战战兢兢，而对于这样的乐器了解的就更少了，非常滑稽。无论它的声音是大是小，都不会影响到我的耳朵。可是在这个安静的春夜，雨声尚可以增添乐趣，更何况在这山乡的池中，连灵魂都在春天的泉水里漂浮，还可以悠然地倾听远方的琴声，着实让人拍手称快！因为离得太远了，所以无法听清唱的是什么歌，弹的是什么曲。只觉得其中充满了趣味。通过沉郁的音色，我可以推断出来，似乎是用京阪地方的盲官弹奏歌谣时使用的大三弦。

小时候，我家门前一家酒店，名叫万屋。酒店里有个叫仓姐儿的姑娘。每到幽静的春日下午，这位仓姐儿都会练习唱一大段谣曲。只要她打开嗓子，我就会跑到院子里仔细聆听。院子前面是一块菜园，大概十坪大，客厅东侧是三棵松树，一字排开。这些松树的树干和碗口差不多大小，三株成为一个整体，让人觉得别有一番情趣。我那时候只要看到这些松树，就会心生愉悦。树底下有一个生了锈的铁灯笼，在一块无名的红石头上放着。无论什么时候我看到这块石头，都会觉得它像一个执拗的老头子坐在那里。我总是喜欢把目光聚焦在它的身上。铁灯笼前面，无名的春草从厚密的青苔穿过去，无论尘世如何改变，它依然吐露着芬芳。那时我习惯于在草地上寻找一个栖身的地方，蹲下来一看就是半天。当时我每天必须做的一件事情就是在松树下站着观望铁灯笼，闻闻青草的芳香，听着仓姐儿的歌声从远方传过来。

如今，仓姐儿早已经结婚生子，在账桌前承担家庭的重担了吧。不知道她和丈夫的关系好不好，不知道燕子还会不会每年都归来，勤劳地筑窝。不管怎样，我的想象中一直存在着燕子和酒香。

不知道那三棵松树是不是还和以前一样，铁灯笼肯定坏掉了，春草还记不记得曾经在这里蹲坐的人呢？当时我一个字都不说出来，如今更不认识了吧？仓姐儿每天挂在嘴边的歌词"游子身穿悬铃衣"，印象中也很模糊了吧？

我的眼前因为三弦琴的声音出现一幅画面，我站在美好的回忆面前，一下子回到了二十年前。我又成了一个单纯的小孩。就在这时，有人打开了浴室的门。

来人了。我依然任由身子在水上漂浮着，只是看向了门口。我远远地靠在浴槽边上，因此门口两丈多长的倾斜的石阶我都可以看到。可是，当我抬眼看过去时，眼前却是空无一物，只有雨点的滴答声在耳边回响。不知道什么时候，三弦琴的声音也消失了。

没过多久，一个东西出现在石阶前。这个浴室的照明全靠一只小吊灯，离得太远了，即便空气中没有雾气，也难以把东西的颜色看清楚。再加上水汽迷蒙，雨雾也甚是稠密，自然很难看清楚是谁正走向今晚这个封闭的浴室。这个人影走了一段又一段，非要到灯光所及的地方，我才敢肯定地说对方到底是男的还是女的。

这个模糊的黑影还在往下走。看上去，脚下的石头就像棉花一样轻柔。如果只凭脚步声来推断，可以说这人是静止的。可是，可以稍微看到轮廓。我是画家，尤其敏感于人体的骨骼。当这团神奇的黑影继续往下走时，我发现这浴室已经不止我一个人，还有一个女子。

我在水里漂着，正在想刚才有没有注意时，我的眼前已经出现了那个女人的身影。所有迷蒙的水汽都把那柔和的光线映射出来了，轻盈的黑发在那温暖的水雾深处流动，一个女人修长的身影出现在我的眼前。我在看到她的那一刻，所有礼仪、规范、风化之感都消失殆尽，我只是想着，一个美好的画题终于被我找到了。

暂且不说古代希腊的雕刻怎么样，只要一看到被现代法国画家当作生命的裸体画时，都会有明显的对肉体美进行描绘的痕迹，所以觉得气韵不足，我一直被这种心情折磨着。每次看到给它的评价都是下品，可是却不知道其中的缘由。因为我不清楚，所以不知道其中的奥妙，直到今天依然烦恼不已。把肉体掩盖住，美也就无处可寻了；假如不掩盖住，就会被评价为低劣。所谓现代裸体画只是在不掩盖的低劣上都运用了技巧。原封不动地把剥光衣服的形象画出来，还觉得不够，还要尽可能把这裸体强塞到衣冠世界中。他们不记得穿衣服是人间再正常不过的事，想要把所有职能都划归到赤裸裸的形象中去。原本十分就够了，可是他们却非要做到十二分、十五分，毫无止境，专心致志地想把那种裸体之感刻画出来。技巧达到巅峰状态时，强行加到观者头上，人们就会予以蔑视。这是例子，表明就算再美好的东西，假如一味地强调，反倒会削弱美。有一句叫作"满招损"的谚语，所说的就是这个道理。

豁达和天真会把余裕彰显出来，而对于画、诗和文章来说，余裕都是必不可少的。当代艺术的一个不足之处就是所谓文明的潮流不停地朝艺术之士身上执鞭子，让他们居于一隅，不停地做可耻的表演。裸体画就是一个再好不过的例子。都市里有一种女人是艺妓，她们的职业就是出卖色相，讨好男人。她们接待嫖客时，心里想的全都是自己的美色怎么才能打动对方，除此以外，不会再有其他的表情。在美术沙龙的目录中，我们年年都会发现像艺妓一样的裸体美人。这些裸体美人不仅时刻记得自己的裸体，而且全身紧绷，尽可能向观众展露自己的裸体。

现在出现在我眼前的袅袅婷婷的身影，完全没有这种媚俗而且影响观看的样子。如果只是把常人所穿的衣服脱掉，那就已经到了人的世界。可是她好像根本就不知道应该穿衣服，应该挥舞长衫。她没有丝毫做作，似乎是来自云中的女神。

浴室里缭绕的水雾，饱和以后又不停朝上涌，春夜的油灯已经成为半透明的了。屋内不停地晃荡着彩虹的世界，那依稀可辨的黑发越发模糊了，从云层下面，不断出现雪白的体态，尝试着看那轮廓吧：

从颈项往下有两条缓缓向内的曲线，从两边慢慢延伸向两肩，丰腴而灵活地向下方折去。线的末端是五根分开的手指。两只高高挺起的乳房下面短时间呈现波状，接下来又圆滑地突起，稳定地、可靠地把丰腴的下腹刻画出来。沿着饱胀之势延伸至后边,到了势尽的地方再各自为政。为了维持平衡,肌肉稍微向前倾。两膝反方向承担了这一切,再变成直线,一直延伸至足踵,构成水平的足底线。所有葛藤都汇聚在两片脚掌下面。这么复杂的配合世上是不存在的,这么协调的配合也是如此。这么自然、这么柔和、这么温顺、这么平顺的轮廓线更不可能在世上找到。

而且这情影全部在幽玄的灵氛中笼罩着,不像裸体那样突兀地在我眼前出现,只有一种盈润美划过我的眼前。就好像泼墨畅快之间被一鳞片爪点缀其中,让人在一纸一笔之间畅想虬龙的身姿。站在艺术的角度审视,毋庸置疑,因为具备了空气、温暖的环境、幽远的情调这所有条件。用心绘出三十六片龙鳞,会沦为笑柄,只有站在很远的地方大致看一下赤裸裸的肉体,才能把神往的余韵保持住。我的眼前出现这个轮廓时,其神态看上去和逃开月宫的嫦娥很像,被包围在彩虹中,一时间竟不知道如何是好。

这轮廓变得越来越清晰了。我想，再继续向前，这位令人同情的嫦娥就要进入凡人的世界了。就在这时，那像绿波一样的头发就像戏水的灵龟的尾巴突然开始翻飞，从弥漫的雾气中翩然穿过，跳到了石阶上面。呵呵呵呵，女人尖刻的笑声在廊下响起，从安静的浴室离开，慢慢飘向了远处。我忽然把一口泉水含在嘴里，就那样孤零零在浴槽里站着。激起的水花在我的胸膛肆虐，从槽边溢出来的泉水哗哗响个不停。

八

　　主人邀请我前去品茶，在座的还有另外两人，一个是观海寺名叫大彻的和尚，另一个是一个二十四五岁的青年。

　　我那条走廊右端向左拐弯的顶头处就是老人的居室，大概有六铺席那么大，正中间是一张大紫檀桌子，没有想象中的那么宽。他请我坐的时候，我才发现，地上铺的是花毯，不是坐垫，不用说这是中国货。一个六角形位于花毯正中央，上面是神奇的房舍和树影，周边的底色接近铁灰色，四个角是茶色，花草图案的圆环是点缀。我有种强烈的感觉，在中国，这种花毯是在客厅里铺着的，而现在作为坐垫倒是另有一番韵味。印度的花布和波斯的挂毯的价值都在于古色古香，这花毯也是一样，活泼大方就是它的趣味所在。中国的器具，包括花毯在内，其特色都是古色古香。其发明者只能是那些憨厚质朴、胸怀博大的人种。这些东西会让人油然而生一股敬仰之情。日本人在创作美术品时极其谨慎。西洋器物体积比较大，而且做工很仔细，可是却透着平庸，着实不应该效仿。我这样想着，坐了下来。那个青年和我坐在一排，半边花毯都被我们占据着。

和尚在虎皮上面坐着。虎尾从我的膝头通过，虎头在老人的臀部下面垫着。老人胡子白花花的，甚是浓密，看起来头发像是被拔光了，之后移植到了脸上。他把茶托里的茶碗非常小心地放到桌面上。

"许久未见，今天家里有客人来了，想请大家一起过来喝茶……"主人对和尚说。

"啊，真是太感谢了，我也许久没过来看看了，今天专程赶过来看看。"和尚说。

这和尚快六十岁了，那容貌就像简笔画画出来的圆脸达摩像一样，看来，他平常和老人走动很频繁。

"客人就是这位吗？"

老人颔首，把紫砂茶壶拿起来，往每只茶碗里倒了两三滴带有琥珀绿的玉液。我闻到一缕清香。

"一个人待在这里是不是很孤单啊？"和尚马上和我搭讪。

"啊！"我的回答没有抓住主旨。如果说孤单，那是假的；如果说不孤单，又要浪费不少口舌。

"哪里！老法师，这位先生是专门过来画画的，所以一点都不闲啊。"

"哦，是吗？那敢情好，是南宗画派吗？"

"不！"我直接回答道。可是我要是跟他说西洋画，这和尚可能也听着云里雾里。

"哪里！就是那种西洋画啊！"老人以主人自居，帮我回答了下半句话。

"噢,洋画,就是久一君画的那种吗?上次我才有幸目睹,我觉得画得挺好的呀!"

"不,画得一点都不好。"这时,那青年张口了。

"老法师看过你的画吗?"老人问那青年。从言谈举止上来看,他们好像是亲人。

"不,不是专门请他看的。上次我在镜池写生时,老法师看到了。"

"噢,是这样啊!来,已经沏好茶了,大家都请喝吧。"

老人在各人面前都放上茶碗。虽然茶的分量少得可怜,可是茶碗却非常大。底子是青灰色的,上面有赫红、浅黄的纹路,将整个碗面都填满了,但却不清楚是画面,还是图案,还是描着的鬼脸。

"这部作品出自杢兵卫①。"老人简要介绍了一下。

---

① 日本古代知名的制瓷工匠。

"这倒是很有趣。"我也夸赞了几句。

"杢兵卫的东西基本上都是伪作。你可以看一下这碗底,上面还有款识呢。"

我把茶碗端起来,望向格子门那边。一盆叶兰的影子映在门纸上。我回过头仔细看了一眼,发现碗底有一个很小的"杢"字。从鉴赏的角度来说,款识的重要性不值一提,可据说好事者却非常关注这一点。我没有即刻放下去,而是将茶碗放到唇边,用舌尖去细细品尝这浓度、温度都刚好合适的琼浆玉液,称得上是闲人雅士的风流韵事。在普通人看来,茶是用来喝的,那就大错特错了。正确的做法是把茶液放在舌头上,让它的清香弥漫开去,而不咽下它,只是从食道到胃都可以渗透进这股浓烈的香味。如果用牙齿,就毫无情趣了。水太轻,玉露的质地过于浓烈,这是一种远在淡水境界以上、不需要耗费口唇的上乘饮料。如果有人抱怨说吃茶会影响睡眠,那么我将劝他,就算不睡觉也不能放弃吃茶。

不知道什么时候,老人把一个青玉果盘拿了出来。它由一大块玉石雕成，整体都是薄而均匀的，刀法非常严谨。人们不由得惊叹于匠人这种精湛的手艺。就着亮光一看，整个盘中都被春天的日光所照射，似乎没有地方可去了。玉盘内最好不要盛放任何东西。

"客人对于鉴赏青瓷非常感兴趣，今天专门搬了一些过来。"

"什么青瓷？哦，你是说那只果盘吗？我也很感兴趣啊。请教一下，先生，用西洋画装裱隔扇可以吗？假如可以的话，我想请先生画一幅呢。"

请我画画，我当然不会拒绝，可是这和尚是否满意，我就不知道了。如果耗费心力画了，他又说西洋画不好看，那我不是白忙活一场吗？

"在隔扇上画不太好吧？"

"不太好？可也是啊，上次久一君画的那幅，可能太不够素雅了。"

"我的那个不行，只是随便画画而已。"那青年赶紧谦虚地说道，显得特别害羞。

"刚才说到那个什么池位于何处？"保险起见，我专门问那青年。

"就在观海寺后面的山谷里，那里很安静。——读书的时候我学过画画，所以没事干的时候，我就会画几笔，才不至于那么无聊。"

"我就住在观海寺。那里很好，一眼就可以望见海。你停留在这里时，可以抽空去看看，离这儿不远，只有一里多路。看，站在走廊上就可以将庙前的石阶尽收眼底。"

"哪天去叨扰一下可以吗？"

"当然可以，随时欢迎。这里的小姐也经常去。——说到小姐……今天怎么没有看到那个美丽的姑娘？她去哪儿了，老先生？"

"我也不清楚她去哪了。久一君，她没去你那里吗？"

"没有，她没去我那。"

"可能她一个人出去溜达了。哈哈哈。那美姑娘很擅长跑路呢。上次我去砺并做法事，在姿见桥畔遇到一个人，和那美姑娘长得很像。凑近一看果然是她。她把裙子的下摆掖在腰里,穿着草鞋,看到我就大喊'老法师,你怎么走这么慢,这是要去哪儿啊?'着实把我吓了一跳。哈哈哈哈,我问她:'你打扮成这样,究竟要去哪儿啊?'她说:'我去采了些芹菜,老法师,给您分一点吧。'说完,就把满是泥土的芹菜塞到我的袖筒里。哈哈哈哈。"

"真的是……"老人一脸苦笑,马上站起来说,"我想再拿一样东西出来给你看。"接着又开始谈论起古董这个话题。

老人非常恭敬地把一只花绸缎旧袋子从紫檀书架上取了下来,看起来好像很沉的样子。

"老法师,这件东西你看过吗?"

"那是什么呀?"

"砚台。"

"什么砚台?"

"听说珍藏于山阳[①]……"

[①] 赖山阳(1780—1832),江户末期儒者,工书画。

"没有，这是我头一次见。"

"春水①换过盖子……"

"这个好像没有看见过，让我看看。"

老人把袋口慢慢打开，出现了一块紫红色四方形石砚的一角。

"颜色很美，是端溪石吗？"

"是端溪石，还有几个鸲鹆眼呢。"

"九个？"和尚表现出很吃惊的样子。

"这个盖子是春水换过的。"

老人打开了一个用绫子包裹着的薄盖子。上面有春水写的七言绝句。

"嘿，春水写得不错，写得不错。可是从书法的角度来看，还是杏坪②要略胜一筹。"

"杏坪的书法确实是好的。"

---

① 赖春水（1746—1816），江户中后期儒者、诗人，山阳的父亲。
② 赖杏坪（1756—1834），春水之弟，儒者。

"山阳的功夫最糟糕,尽管是个才子,可是总是免不了俗,我一直都不佩服。"

"哈哈哈。老法师对山阳没有好感,因此今天我把山阳的立轴换走啦。"

"真的?"

和尚回头看了一眼,壁龛下面的平台被打扫得干干净净,都可以映出人影了,一个光亮的古铜瓶放在上面,里面插着二尺多高的木兰花。立轴的制作材料是带底光的古代织金。这是一幅物徂徕①手法的大条幅。文字不是在绢子上写的,先不评判字的巧拙,可能因为年代太久了,纸的颜色和周围的质地看上去格格不入。假如织锦是新的倒也没有多么珍贵,可是这上面已然没有了色彩,金丝也沉灭了,不再具备华丽的气质,把古色古香的特色全部显示了出来,因此极为协调。白色的象牙画轴和灰褐的砂墙相互映衬,非常显著地朝两边伸去。那瓶朝气蓬勃的木兰花

---

① 物徂徕,即荻生徂徕(1666—1728),江户中期儒者。

被摆放在条幅前面。此外整个壁龛的情趣都太严肃了，反倒给人一种阴森的感觉。

"是徂徕的吗？"和尚回过头来问。

"也许你也不喜欢徂徕吧，我觉得相比山阳，他写得要好一些。"

"徂徕的确要厉害些。享保年间学者的字即便称不上好，也总含有一种品格。"

"假如给广泽①冠以日本书法之圣的称呼，那么我就是汉人之拙劣者。——这话出自徂徕之口，是吧，老法师？"

"这个我不清楚。总的来说，他那字无法吹起来，哈哈哈。"

"请问老法师，你学的是哪一位？"

"我吗？我们禅僧既不读书，也不写字呀。"

----

① 细井广泽（1658—1735），江户中期儒者，攻朱子阳明之学，书体效法文徵明。

"可是总向什么人学习过吧?"

"早年,我曾经学习过高泉的字,没有其他的。可是,人家叫我写,我总是不会拒绝的。哈哈哈,来,我看看这端溪砚。"和尚都等着急了。

去掉缎子口袋以后,所有人的目光都聚焦在砚台上。这块砚台有二寸厚,是普通砚台厚度的两倍,宽四寸、长六寸,长宽类似于普通的砚台。盖子就是一块松树皮,只不过被磨成了鳞片状的,上面写着两个红色的字,可是我并不认识。

"这盖子,"老人说,"这盖子可不是普通的盖子,你看,这是用松树皮做的……"

老人直直地盯着我。可是,不管这松树皮的来历多么与众不同,我这个画家并不会敬仰。

"松树皮盖子一点都不特别。"我说。

老人沉静地把手举了起来。

"假如仅仅只是一个松树皮当然很普通,可是,这个盖子究竟是怎么回事?这是山阳在广岛居住时,亲手把院中的松树皮剥下来做的呀!"

我想,果然没错,山阳原本就是个普通人!

"如果是自己亲自做何不如再做得拙劣些,不需要专门做成鳞片形,可以再粗糙一点。"

我毫不留情地回敬道。

"哈哈哈。就是,这盖子也太廉价啦!"和尚突然站在我这边了。

青年不放心地看了一眼老人。老人面露不悦地揭开了盖子。砚台的本体露了出来。

假如说这砚台有什么特别值得称道的地方,那就是表面上工匠的雕刻技术。正中央有个"肉块",和怀表差不多大,高度和边缘相仿,代表着蜘蛛的脊背,每只脚的尖端都抱着一个鸲鹆眼。最后一个鸲鹆眼变成黄色位于脊背的正中,和流出来的黄汁特别像。把背、脚和边缘除外,其他部分都刻有沟槽,有一寸多深。也许这堑壕不是用来保存墨的,就算把一勺水倒进去也填不满。我猜想可能是从水盂中舀一滴水出来,滴在蜘蛛背上,然后用价值连城的墨进行打磨吧。要不然虽然被称作砚台，事实上只是文具中的一种装饰而已。

老人流着口涎说道：

"你们可以看一下这色泽和这些眼。"

这砚台的色泽的确越看越美。如果朝这美丽、清爽的表面吹一口热气，似乎会迅速凝固，变得五彩缤纷。尤其让人目瞪口呆的是那些眼的颜色。眼和周围相交叉的地方，色彩依次发生变化。我的眼睛好像被骗了，居然分辨不出变化的起始点。打个比方来说，就像一颗芸豆在紫色蒸羊羹里镶嵌着，透明、深重。只要有一两个这样的眼就非常宝贵了。这方砚竟然有九个，真可谓是前所未有。不仅如此，这九个眼一字排开，非常整齐，两两之间保持着相同的距离，看上去就像是人工制作而成，所以被叫作世间少有的宝物。

"真心不错，不仅看上去让人心情愉悦，而且摸上去也很舒服。"我边说边把砚台递给身边的青年。

"久一了解这种东西吗？"老人笑着问。

"不了解。"

久一君明显有点局促，直接这样答了一句，随即把砚台拿在手上观赏了一会儿。可能觉得这样做不太合适，又转交到我的手上。我又细细观摩了一番，才毕恭毕敬地递给禅师。禅师拿在手上看了一会儿，还觉得不够，又用灰布衣仔细擦拭了一下蜘蛛的脊背，反复观摩着被擦得透亮的地方。

"老先生，这色泽真心不错啊，有没有用过呀？"

"没有，买来就是这个样子，从来没有用过。"

"也是，在中国这东西也称得上举世少有呢，老先生！"

"没错。"

"我也想要一个。能不能麻烦久一君，也帮我买一下。"

"嘿嘿，恐怕这种砚台还没有找到，人就已经离开这个世界了。"

"也是，你现在哪还顾得上砚台的事啊。什么时候动身?"

"就这两三天吧。"

"老先生把他送到吉田去吗?"

"如果换作平时,我年纪大了就只能算了。可是这次,他一走可能就没有机会再见啦,因此决定送一程。"

"你们就不用送了。"

看样子,老人是青年的叔叔,难怪看起来比较像。

"不,还是送一程吧。坐在船上也无所谓,对吧,老先生?"

"是啊,如果爬山就算了吧,若是坐船即便要走远一点……"

那青年也不再拒绝了,只是安静地坐着。

"去中国吗?"我询问道。

"是的。"

听到这个肯定的答复后,我还不满足,可是又觉得继续追问下去没有必要,所以就闭了嘴。抬眼看向格子门,兰花的影子已不在原来的位置上了。

"唉，您知道，就是因为这次打仗啊。——原本他是志愿兵，现在要去前线打仗啦。"

老人跟我说了不久以后青年将奔赴满洲前线的命运。假如你以为在这富有诗情画意的春日的山乡，只有落花、流水和鸟叫的话，那你就大错特错了。残酷世界朝这平家①后裔居住的孤村奔涌而来，马上就要把朔北旷野染红的鲜血，其中的几万分之一，可能就来自这位青年的动脉。这位青年腰中的长剑也许会冒火。而此时此刻，他却在一个除了梦幻之外再也不承认人生会有什么价值的画家身边坐着。青年和我坐得很近，我好像连他的心跳声都可以听见。这心脏可能正在迎接会让千里平野都为之震颤的盛况吧。因为命运，我们两个齐聚一堂，其他的一概不提。

---

① 平家，日本古代家族。

九

"您在专心读书啊?"女子说道。

我刚回到自己的房间,抽了一本书来看。

"请进,不用那么客气。"

女子翩然而入。白皙的脖颈从略显灰暗的衣领里露出来。她在我面前坐着时,我首先看到的就是这形成强烈对比的脖颈和衣领。

"您看的是西洋书吗?都是一些很晦涩的事吧?"

"哪里!"

"那上面都写了些啥?"

"这个我也不太了解。"

"呵呵,这就是你专心读书的原因所在吗?"

"我没有专心看啊,只是随便翻翻而已,翻到哪就看到哪。"

"这样有意思吗?"

"有意思啊。"

"为什么?"

"哪有什么为什么?小说嘛,就是要这样读才有意思。"

"您这人真是太奇怪了。"

"奇怪?好像是有点。"

"从最前面开始往后读不行吗?"

"如果非要从最前面开始读,那就一定要读完才可以。"

"这道理还真是少见呢,读完难道不好吗?"

"当然好啊。如果只看情节的话,我就会那样读。"

"如果连小说的情节都不想知道,那还读它干吗呀?一本书除了情节还可以读一下以外,其他还读什么?"

我想,这女人身上依然有女人气,准备试试她。

"你喜欢小说吗?"

"我吗?"女子稍微迟疑了一会儿,吞吞吐吐地说,"这个嘛……"看来她对此兴趣不大。

"是不知道对不对?"

"小说这东西不是非读不可吧……"她的眼神告诉我,她好像根本不认为这个世界上存在小说。

"那这么说来,无论是从一开始往后读,还是从最后面往前读,碰到哪里就读哪里,岂不更好?你也不需要觉得奇怪啊?"

"可是,您和我不同。"

"怎么不同?"

我看着女子的眼睛,心想现在正好可试试她。可是女子的眼珠子像被固定住了一样,纹丝不动。

"呵呵呵呵,你不明白吗?"

"你年轻时一定博览群书吗?"我不再打破砂锅问到底,而是略微委婉了一点。

"我觉得自己现在也不老啊。想想真是悲伤!"只要稍微懈怠一下,她就要逃跑,一刻也不敢放松。

"可以在男人面前这样说,就表明年龄已经不小了。"我又继续刚才的话题。

"您说这话不也代表您年纪不小了吗?年纪都这么大了,为什么还感兴趣于哥哥呀、妹呀、恋爱呀一类的事?"

"嗯,我很有兴趣,到死也是如此。"

"哎呀是吗?因此您才能成为画家。"

"确实是这样。画家不需要完完整整看完一本小说。读到哪里都觉得有意思。和你交谈也是如此。待在这里的这段时间,我真想天天都可以和你畅所欲言,爱上你也行,这样就更有意思了。可是不管怎么爱你,也不需要做夫妻。假如一爱上就必须做夫妻,那就如同只要读小说,就一定要完完整整看完才可以。"

"这样说来,画家就是专门谈不近人情之恋的人啰?"

"不是不近人情,而是非人情之恋。读小说也是非人情的,因此无论是什么样的情节,随便从哪里开始往下读,都是趣味十足呢!"

"那样的确有趣。好吧,请您给我讲讲您刚才读的内容吧,听听到底有多么有趣。"

"光讲是不够的。画也是,一讲就没有意思了。"

"呵呵呵,那就请您念给我听。"

"用英语念?"

"不,日语。"

"这书是英文的呢,用日语来念,太难了吧。"

"难什么呀,非人情嘛!"

我想,这也不失为一种韵味,就照她所说,把那本书拿起来,开始用日语吞吞吐吐地念。假如说世界上的确存在非人情的读书方法的话,那么如今所用的就是这种方法。那女子在聆听时当然也是采用的这种非人情的方式。

"从女人那里吹来多情的风。从声音、从眼睛、从皮肤吹过来。男人搀扶着女人来到船尾。她是想要一睹夕暮中威尼斯的风采吗?搀扶她到这里来的男人,是为了让迅如闪电的情感朝自己的脉管流过去吗?——反正这种读法是非人情的,所以就完全不受约束,可能还漏掉了一些地方。"

"很好,只要您高兴,就算加一些东西上去也没有关系。"

"女人和男人肩并肩,在船舷上靠着,两人之间的距离比风吹拂着的彩带还要窄。女人和男人一起和威尼斯说再见。威尼斯的多奇殿堂,现在就像第二个落日一样,慢慢变成浅红色,直至看不见……"

"多奇是什么?"

"这个你不用关心。他是过去威尼斯的一个统治者的名字。他曾经统治了威尼斯好几代。直到现在,这座殿堂还在威尼斯留着。"

"那男人和女人又是谁?"

"这个我也不清楚,但它有意思的就在这个地方。无论他们之前是什么关系,只要像现在的你和我一样可以在一块，那就是最有趣的。"

"是这样的吗？似乎是在船上吧？"

"管它是船上，还是山上呢，假如非要问个为什么，那就成为侦探啦。"

"呵呵，那就这样吧。"

"一般的小说的发明者都是侦探，内容不包括非人情，因此毫无趣味。"

"好，这种非人情的故事，我还想继续听下去。你接着念吧！"

"威尼斯持续下沉，只在空中留下一道不太明显的线。线断掉后成为小点。乳白色的天际周边处处是圆柱。接下来，那座海拔最高的钟楼也沉了下去。女人嘀咕了一句'沉了'，然后就从威尼斯离开了，她的心自由无比，就像天上的风一样。可是这女人走了还要回来的。她的心被慢慢消失的威尼斯所牵绊，难以摆脱。男人和女人都将目光聚集到伸手不见五指的海湾。星星越来越多，碧波荡漾的海面没有飞溅起白沫。男人把女人的手紧紧地握在手里,他觉得他似乎握着一把还在震颤的弓弦……"

"这和非人情有点像呢。"

"你就当非人情听就行了,如果不喜欢,我就少念一些。"

"不,我倒是无所谓呢。"

"我比你还要无所谓呢。——后来,后来,下面难度有些大了,翻译过来,不,念出来还真是不容易呢。"

"如果太难了就少念一些吧。"

"嗯,那就不要那么仔细了。——女人说:'就这一夜啦!'男人问'一夜?'只有一夜,也太无情了吧,要连续几夜才行啊。"

"这话是出自男人之口,还是女人之口?"

"出自男人之口。可能这女人不想再回到威尼斯去,男人为了宽慰她才这样说的。——晚上,男人在甲板上躺着,他的心被那一刹那,那像一滴热血一样的一刹那所震撼。他抬头看着黑漆漆的天空,打定主意一定要让女人远离逼婚的牢笼。之后,他闭上了眼睛。"

"女人呢？"

"女人开始感到迷茫，可是她不知道在哪里迷茫了。好像被人带到空中去了，只有若干个难以置信。——以下有些难，都不是连贯的话。——只有若干个难以置信——动词去哪了呢？"

"要动词有什么用？这样就可以了！"

"哎？"

突然，山上响起一阵巨大的响声，树林都被震动了。两人不由得你看我，我看你，不知道如何是好。刹那间，桌上花瓶里的一朵茶花开始不停地晃动。"地震！"女人轻声叫了出来，盘腿坐得直直的，以我的桌子为倚靠。两人的身子挨得紧紧的。从树林中飞出来一只野鸡，尖叫着，不停地拍打着翅膀。

"野鸡。"我看了眼窗外说。

"哪里？"女人又向我靠近了一点，两人的面孔贴得很近，就快碰到一起了。我的口髭被来自她的鼻孔的气息吹动着。

"的确是非人情啊!"女人突然又回到先前的样子,斩钉截铁地说。

"当然啦。"我赶紧答道。

在石洼里聚集的春水被惊扰到了,慢慢地爬行着。因为受到来自地底下的震颤,这一泓清波只是在表面变得没有规律,没有出现破裂的痕迹。假如说"圆满运动"这个词儿存在,那么用在这里再合适不过了。山樱的树影倒映在水里,和水一起发生着变化。可是不管怎么变化,樱树的倩影却一直清楚地保持着,很是有趣。

"这景象看起来很快乐。如此美丽,如此变化多端。如果不这样动,就了无生趣了。"

"人如果能这样运动,无论怎么动都没有关系的吧?"

"必须是非人情的,才能这样动。"

"呵呵,看来您对非人情还真是情有独钟啊!"

"你也是喜欢的吧?昨天还穿着长袖和服……"

我的话还没有说完,那女子就撒起了娇。

"我是想让您称赞我几句。"

"那是为何?"

"您说想看,我就专门穿了让你看看,难道不是这样吗?"

"想看?"

"他们告诉我,跋山涉水赶过来画画的那位先生专门向茶馆的老婆婆交代过。"

我一时间茫然无措,沉默以对。

"对这种记忆不好的人,无论怎么努力都是徒劳的。"

她像讥讽又像埋怨。她的话像利箭一样射过来。情势急转直下,如何才能回到之前的局面呢?如果她抢了先,我再想寻到好时机就很难了。

"那昨晚在浴室里,也是因为你的一番好心喽?"关键时刻我终于又占据了主动。

女子一声不吭。

"很抱歉,我应该如何回报你呢?"

我尽可能占领先机,可是不管我如何主动,依然没有起到效果。女子淡然地看着出自大彻和尚之手的匾额。

"竹影拂阶尘不动。"

没过多久,她就轻声地念着,之后转到我这边,像突然想到什么一样,有意提高声调说:

"您说什么?"

"刚才那个和尚出现啦!"

我不吃她那一套,我的态度就像被地震摇撼的池水一样圆满地动着。

"你是说观海寺的和尚吗?他是个胖子吧?"

"他要我画一幅西洋画装裱隔扇给他,禅宗和尚怎么会提出这种让人摸不着头脑的要求,真是太不可思议了。"

"所以他的身材才那么肥硕。"

"我还看到了一个年轻人呢!"

"是久一吗?"

"对的。"

"您倒是很熟悉啊。"

"哪有,只知道他的名字,此外一无所知。我是个比较沉默的人。"

"您太客气啦!他还小……"

"还小?他的年龄不是和你一般大吗?"

"呵呵呵,是吗?我是他的堂姐,要不了多长时间,他就要奔赴前线了,这次是专程过来道别的。"

"在这里住吗?"

"不,在哥哥家住。"

"这么说来,他是专门过来喝茶的?"

"他很讨厌茶,喜欢的是白开水。父亲叫他过来明显太多余了,他肯定闷得慌。如果我在家,肯定会中途让他离开的。"

"你去哪儿了?和尚还问到你了呢,说你是不是又一个人出去溜达了。"

"是的,我去镜池走了一圈。"

"我也很想到镜池去看看呢。"

"那就请去吧。"

"那地方很适合画画吧?"

"那地方投水也不错。"

"我还没准备投水呢。"

"最近我也许要投水。"

一个女人竟然会开这样的玩笑,而且听上去很坚定。我不由得把头抬起来,看到她一脸严肃。

"当我因为投水在水面上漂浮时——不是那种难受的样子,而是那种在水面上漂着,快乐地到泉下去的场景,麻烦您给画出来吧,画得美一点!"

"你说什么?"

"惊呆了吧!惊呆了吧!"

女子翩然起身,快速从房门走了出去。这时,她回过头冲我笑了一下,我半天回不过神来。

十

　　我信步走到镜池。走在观海寺后面的一条道路上，从松树林穿过，走进山谷，对面的山顶还没有爬上去，路就一分为二，把镜池包围起来。池边有很多山白竹，有的密密麻麻地生长在道路两边，只要有行人经过，就会发出细小的声音。从树林望过去，可以看到池水，可是你必须实实在在地围着池子走一圈，你才会知道池子的起点和终点分别在哪。只要迈开步子，就会发现只有半里多路。可是形状却极其不规则，岩石立在水边的情形随处可见。池畔和它的形状一样,有高有低,像波浪一样连绵不断,很难找到合适的形容词。

池子周边到处是杂木,不知道到底有几百棵,其中还有光秃秃的。枝叶稀疏的地方,仍然沐浴在春日温暖的日光下,树底下有小草跃跃欲试,依然可见壶堇花的浅影。

日本的堇花给人的感觉像是处在冬眠状态。西洋人用"似天来之奇想"来形容它,究竟还是不太吻合。想到这,我不由得停下了脚步。只要脚停下来了,就一直会在原地待着,直到腻了烦了为止。只有幸福的人才会这样一直待下去。如果在东京这样待着,马上就会惨死在电车下。就算不惨死在电车下,也会被警察赶走。和平的民众在城市总会被当作乞讨者,却付给小偷头子的侦探很高的报酬。

我在草地上缓缓地坐下来。哪怕你连续五六天都这样坐着不动,也不会听到别人的抱怨声,因此不需要担心。这就是自然的宝贵之处。尽管大自然有时是薄情的、肆无忌惮的,可是绝对不会轻视地对待不同人。有很多人都瞧不起岩崎、三井①。可是，只有自然漠视古今帝王、鄙视其权威如风马牛不相及。自然之德比尘界高得多，它树立了绝对的平等观。相比带领天下之群小徒招泰门之怨恨，"滋兰九畹、树蕙百畦"而起卧其中要高明得多。世界既是公平的，也是没有私心的。假如真可以践行，那么最好的办法，就是每天把一千名小贼杀掉，用其尸体来对花花草草进行培育。

我的思维开始变得理论化了，也就会让人觉得枯燥，我专门跑到镜池，并不是为了对这种小学程度的感想加以打磨。我从衣袖里把纸烟拿出来，把火柴点着。虽然我觉得我划了一下火柴，可是却没有看到火光。我猛吸了一口"敷岛"牌香烟，鼻子里顿时轻烟袅袅。我到底还是吸到烟了。我把火柴扔到短草里，没过多久，它就熄灭了。我慢慢朝水边挪去，直到我坐着的草地被天然的池子所掩藏，我一抬腿就可以和暖暖的春水相接触时，才停下来静

---

① 岩崎、三井（即三菱），明治以后出现的大财阀。

静地凝视着水面。

目光所及之处好像有点浅，细长的水草只好无奈地朝水底沉去。我之所以用无奈来形容它，那是因为我找不到更好的形容词。我很清楚，山冈上的茅草会迎风飘扬，藻荇是怀着什么样的心情戏弄波浪，而这些在水底着陆，一直以来都没有引起人们关注的水草，也可以任意摆动，天天期盼着有人来挑逗它一下。它们从天明等到天黑，又从天黑等到天明，经历了一代又一代的守望，却依然没有如愿以偿，也没有甘心死去，它们就这样活了下来。

我站起身，想做点功德，便顺手捡了两块石子，朝眼前扔去，只见其泛起两个小泡以后就不见了。我忍不住想：马上消失了，马上消失了。从水面往下望去，只见三根长发缓缓动了起来。这下子可看清楚了，突然从池底泛起一股浊水，把水草挡住了。南无阿弥陀佛！

这次用力抛向中央。只听到"叮咚"一声，四周的景物依然是老样子。我没有兴趣再抛了，便放好画箱和帽子，转向右边。

从丈把高的山坡登上去,头顶上有一棵茂盛的大树,忽然觉得好冷。一株茶花正绽放在对岸昏暗之处,就算沐浴在温暖的阳光下,深绿色的叶子也让人觉得凝重。这株茶花生长在深谷中,和岩角相距一丈多远,无人知晓。它悠然自在地开着花,紧紧抱在一起。即便数上一天,也难以数清它那不计其数的花。可是她的花朵太娇艳了,让人忍不住想数一数。可是她只是带给人娇艳的感觉,并不会让人觉得畅快。就像一团火,突然燃烧起来,之后便会让人觉得悲凉。这花太诱惑人了。我只要看到在深山里生长的茶花,脑海里就会出现妖女的形象。她用黑漆漆的眼眸摄人心魄,不知不觉就让你的血管充满毒素,等你察觉到上当时,为时已晚。当对面的茶花出现在我眼前时,我心里想,唉,如果没有看到它就好了。那花的颜色不是一般的红色,艳丽的颜色深处埋藏着难以形容的浓重的色彩。看到雨中缓缓飘落的杏花,人们会觉得痛心;看到凄冷的月下海棠,人们会觉得爱怜。而茶花那种深重的色彩就不一样了,它带给人恐怖、幽暗的感觉。它先是布下了这种情调，然后将外表装饰得分外华丽，可是既不会让人觉得媚俗，也不会让人觉得动人。它有时开，有时落，藏在深山老林里安静地度日，一晃几百年就这样过去了。只要看它一眼，你就死到临头了。人们没办法逃脱它的魔力，那颜色不是一般的红色。那红色是惨遭屠杀的囚人的血突兀地呈现在人的眼前，不由分说带给人不快的感觉，那是一种别样的红色。

我正注视着它，突然一团红色的东西落到水面上。在这寂静的春天，只有这样一朵花儿处于运动状态。没过多久，又落了一朵。那花紧紧合在一起，从枝头离开，既没有散开，也没有飘零。从枝头离开时是决绝的；落下来也是环抱在一起，这真是有点叫人生畏了。突然又有一朵落下来。我心里想，照这个趋势，池水都会变红吧。花安静地在水面上漂浮着，现在已经开始泛红了。又有一朵落下来，是落在地上还是水中？是一样的，都是静悄悄地漂浮着。又有一朵落下来。我想，可能这花会往下沉。随着时间的流逝，几万朵茶花，在水里泡着，让水都被它的颜色所染，腐烂成泥，慢慢沉到池底。几千年以后，这古池可能会在人们不注意的当口沉积不少的茶花，而成为平地。又有一朵像染血的灵魂一样飘落。又有一朵落下来，发出啪啪的声音，一直不停地落。

要是在这里画一位漂浮在水里的美女会是什么样的情形呢？我一边这样想着，一边回到之前所在的地方，在香烟袅袅中开始思考。我的脑海里不断涌现出昨天温泉场那美姑娘的玩笑话。我的心就像遭到风浪袭击的木板一样，摇摇晃晃的。我想参照她的相貌画一幅美女在茶花轻漾的水面上漂浮的场景，再把几朵零落的茶花点缀在她的身上。我要将一种茶花一直盛开、那女子一直漂浮的意味表达出来。我不清楚我能不能画出来。以那本《拉奥孔》的理论为参照物——《拉奥孔》不用理会它！——不管是否和原理相违背，只要能把那样的心境表达出来就好。可是，身处于人生，而又可以把超然人生的永恒表达出来，可不太容易。第一，画好面部就很有难度，就算可以参照她的面部，可是却不能借助她的表情。太痛苦了，会将整个画面都毁掉的。反之，只是对快乐进行追求也不太合适。我想，换一张面貌如何呢？想了很久，都没有想出合适的。还是那美姑娘的相貌最适合。可是总让人觉得欠缺点什么，到底在哪方面欠缺了，我也不清楚。所以，我不能仅凭自己的想象随意变换。假如给她增添一种妒忌如何？妒忌所带来的紧张会过剩。换成讨厌呢？讨厌的程度又太重了。生气呢？生气又会给整体的和谐造成损害。恨呢？如果是带有春意的春恨当然是另外一回事了，如果仅仅是恨就太平庸了。再三思量过后，我终于想到了：我把"哀婉"这种情绪给忘记了。"哀婉"是神不知道，可是又和神离得最近的情绪。那美姑娘的表情里完全没有这种情绪。这正是她所欠缺的地方。假如我的画中，可以让她的神情间突然出现这种情绪，我就大功告成了。可是——我现在还不知道什么时候可以看到这种表情。一直以来，那女子脸上的表情都是戏弄别人的微笑和眉头紧皱、冲动好胜的神情。仅有这些根本就是徒劳的。

突然有沙啦沙啦的脚步声响起。心中的图样有一大半都消失了。只见一个身穿窄袖和服、肩背柴火的人,从山白竹穿过,直朝观海寺方向奔去。可能他来自邻近山上。

"这天气真不错啊!"

他扬了扬手巾,开口说道。当他的身子弯下去时,腰带上别着的一把柴刀闪耀出动人的光芒。这人大概四十岁,身体很结实,看起来有点面熟。他把我当作老朋友一样开始闲聊。

"少爷也在画画?"

"是啊,想在这池子旁边试试。这里太偏僻了,一个人都没有。"

"就是啊,这是山里啊……少爷从山头翻过来,肯定不容易吧?"

"哦,你就是那时看到的赶马人吗?"

"是的,我把砍下来的柴运到城里。"

源兵卫将柴捆从肩头放下来,坐在上面把烟盒掏出来。这个烟盒是旧的,不清楚是什么材质的。我递给他火柴。

"你每天都经过那里,身体受得了吗?"

"哪里,已经习惯了。更何况,我也不是天天都如此。三天去一次,有时是四天。"

"四天去一次也够累的。"

"哈哈哈。最可怜的是马,因此我通常四天去一次。"

"那太好啦,看来你更关心马啊。哈哈哈。"

"那也不尽然……"

"这池子的历史可真够悠久的,大概什么时候就有了呢?"

"自古就有。"

"自古?哪个朝代?"

"反正很早的时候。"

"反正很早的时候?难怪。"

"很早的时候,自从志保田家的姑娘投水自尽时就有了。"

"志保田家?你说的可是那温泉场?"

"没错。"

"你说那姑娘投水自尽了,她现在还活着呀?"

"我说的不是她,而是很早以前的一位姑娘。"

"很早以前?有多早?"

"反正就是很早以前……"

"那位姑娘有什么事想不开要投水呢?"

"听说那位姑娘和现在的这位姑娘一样美呢,少爷。"

"噢。"

"有一天,有个游方僧到这来了……"

"游方僧?你是说化缘的和尚?"

"没错,就是那种吹着尺八的游方僧。这位游方僧在志保田村长家住的时候,那位美丽的小姐看上了他。——可能这就是前世姻缘。她哭着请求要嫁给这位和尚。"

"唉,她哭了吗?"

"可是村长老爷不同意,他说游方僧做女婿不合适,最后把他赶走了。"

"是把游方僧赶走了吗?"

"是的。小姐就一路尾随着游方僧,直到这里。——

对面有一棵松树，看到没？她就是在那里投水的。——最后闹得沸沸扬扬。听说当时小姐身上还有一面镜子，因此直到现在，人们都把这池子叫作镜池。"

"哦，如此说来，已经有人在这里投水啦。"

"这还真是奇怪啊。"

"这是什么时候的事呢？"

"反正已经过去很久了。还有呢——这话我在别处是不敢说的，少爷。"

"什么事？"

"那志保田家里每一代都有疯子出现。"

"哦？"

"这是阴魂不散的缘故啊。听说现在的这位小姐也有点反常呢。大家都这么说。"

"哈哈哈，我没听说呀。"

"不是吗？可是那老夫人的确有点怪异。"

"她在家吗？"

"不，去年过世了。"

"唔。"

我望着烟蒂上的轻烟出神，不再说话了。源兵卫把柴火背在身上走了。

我之所以来这里，是想画画，如果脑海里一直盘旋着这些事，听这些故事，连续几天都别想有画作出来。既然把画箱背来了，今天不管怎样都得画个草图再回去。幸运的是，对面的景色还值得一看，要不然就先画那里吧。

从池子底下笔挺挺地伸出丈把高的黝黑的巨石，把浓烈的池水的转角处牢牢地霸占着。巨石右边，山白竹从断崖密密麻麻地和水际相连，一点缝隙都没有。一棵三抱粗的大松树生长在崖上，树干上缠着常春藤，斜斜地伸出来，水面上映出半个树身。那位手里拿着镜子的女人，就是在这里投水的吧。

我在三脚凳上坐下来，看看四周有什么素材可以入画。松树、竹丛、岩石和池水，我一时有点迷茫，应该取哪里的水好呢。岩石高一丈，影子相应也要长一丈。池底可见山白竹的影子，让人觉得似乎它不是长在岸上，而是生长在水底。抬头看向那棵松树,耸入云霄,水里的树影长长的、细细的。照这个尺寸来看,要想入画很难。干脆把实物舍掉,只把侧影画出来,倒也别有一番风味。把水画出来,把水中的倒影画出来,之后告诉别人这是一幅画,可能别人会非常惊讶吧?可是光感到惊讶有什么用呢,必须得到别人的赞美才行。我专心地盯着水面,想想这幅画要怎么画。

怪异的是,一幅画如果光有倒影肯定是不行的,我准备好好琢磨一下,以便和实物两相对照。我的视线离开水面,开始看向上方。那块丈把高的岩石进入我的视线,我先是盯着倒影的尖端看,然后望向水际,再转移到水面,慢慢上升,看的同时开始思考景物的干湿、色泽和折皱、纹路。最后,我的视线越发往上移,直到这块危岩的最高处。这时,我就如同一个蛇眼中的猎物,突然松开了画笔。

在夕阳辉映的绿树林前,在黝黑岩石被暮春时节接近傍晚的暮色笼罩起来的景象中,一个女人的面容慢慢出现在我的眼前。——这就是那个不管是在花下、在梦中、在浴室里,还是身穿长袖和服,都让我吃惊不已的女子的相貌。

我一直看着女子面无血色的面孔,女子也尽可能把她那袅袅婷婷的身躯伸展开来,一动不动地在那高高的岩石上站着。就在这一瞬间!

我不由得纵身一跃,那女子快速转过身,腰间闪过一个像茶花一样艳丽的东西,就跑向了对面。夕阳从树梢掠过,安静地让松树的枝干变成了红色。山白竹的颜色越来越葱绿了。

我又一次吃惊不已。

十一

　　我漫步在这山乡迷蒙的暮景中，沿着观海寺石阶往上走时，脑海里出现了"仰数春星一二三"的诗句。我没有什么重要的事去见和尚，也没有心情和他聊天。我只是从寓所出来，随意溜达，偶然间走到这段石阶下边。我触摸着上面印有"不许荤酒入山门"字样的石头，伫立了一会儿，突然来了兴致，沿着石阶往上走。

　　有一本书，名叫《项狄传》。书中说，再也没有像本书如此遵守神意的写法了。第一句还算是自己写的，后面全是感念神明，一看就是信手拈来。他自己当然不知道到底写了些什么。是著者自己写的，可是写的全都是神明的事，所以著者也可以把责任撇清了。我的散步也是效仿此法，是不需要负任何责任的散步。我对神明持怀疑态度，当然就更没有责任可言了。斯特恩把自己的责任撇清了，同时由在天之神承担了责任。我没有可以转移责任的神明，于是将它丢在了沟壑中。

如果爬石阶很累就不爬了。如果觉得累，马上打道回府。爬了一段，歇息了一会儿，觉得还挺高兴，于是接着爬。爬上第二段就诗兴大发。我安静地看着被方形石块切割成三段的自己的身影，简直太神奇了。因为觉得神奇，所以继续爬。抬头望天，在朦胧的天空里，一些小星星不停地闪烁着。觉得诗句已经冒出来了，于是继续往上爬。如此反复，最终抵达了最上边。

在石阶上，一件事浮现在我的脑海里，过去在镰仓旅游，曾经绕着什么"五山"① 走过一圈。还记得当时是在圆觉寺的跨院里，我沿着石阶一步步往上爬。从门内走出来一个穿着黄色法衣的大头和尚。我们俩相向而行。两人擦肩而过时，和尚突然向我发问："您去哪里？"我答道："去院里看看。"同时停了下来。"里面没有什么。"和尚说完这句话，就急匆匆地离开了。和尚太超脱了，我似乎被他抢占了先机，心中顿觉不是滋味，站在石阶上，目送着他离开。只见那和尚不停地摇着头，慢慢隐入杉林中。这期间，他一直朝前走，没有回头。神僧还真是挺有意思的呢。你看他多么洒脱！我一边这样想着，一边走进山门。宽大的僧房和大殿都是空落落的，一个人都没有。这时，我突然觉得很兴奋。世上有如此超脱的人，能如此超脱地对待别人，让人心里很是愉悦。这并不是因为领悟到了什么禅理。我对禅宗一无所知。只是很感兴趣那个大头和尚的举止。

---

① 指镰仓的建长、圆觉等五大寺庙。

世间到处都是固执、自私、卑鄙和令人生厌的家伙。还有人根本不知道为什么自己的脸皮这么厚，还要在这世上活着，而且这种人还偏偏特别有面子。他们很清楚，这张面孔和尘世之风接触的面积越广，名气就越大。他们觉得所谓的人生就是长年窥探人的屁股，计算人可以放多少屁。他们会主动跟你说，你放了多少屁，你放了多少屁。如果在你面前说，还可以借鉴一下，可是他们通常背着你说，你放了多少屁，你放了多少屁。虽然你厌恶至极，他依然没有停下来的样子。你叫他停下来，他的兴致却愈发高了。你说知道了，他还在滔滔不绝地说你放了多少屁，你放了多少屁。他觉得处世的原则就是这样的。每个人对原则都有决定权，可最好还是不要说"放屁，放屁"为好，安静地决定自己的原则就行了。不采取有碍他人的原则才和礼仪相符。如果觉得必须有碍他人，才能把原则制定出来，那么人家的原则就只能是放屁了。如果是这样的话，那么日本也就没有未来可言了。

我不建立什么原则，事实上，在这浪漫的春夜悠然地来来回回是崇高的。

　　如果兴至，就把兴至当作原则；如果兴尽，就把兴尽当作原则。如果得句，就在得句的地方建立原则，而且不给别人造成困扰。这才是真正的原则。计算放屁是有碍他人的原则；放屁本身是正当防卫的原则。我这样沿观海寺的石阶向上爬是随缘放空的原则。

　　当"仰数春星一二三"的诗句冒出来以后，我又来到了石阶的最末端。这时迷蒙中，春海如带出现在我的眼前。进了山门以后，已经不想再完成一首绝句了，就此建立了停止吟诗的原则。

　　一条石板小路朝石板延伸而去，右边是一堵花墙，全是映山红，花墙对面好像是墓地。左边最前面是大殿，高处的屋瓦熠熠生辉，看上去好像几万片屋瓦上跌落了几万个月亮。不知道什么时候，鸽子的叫声频繁响起，听上去好像古屋梁底下就是它们的家。我又看到庇檐上有星星点点的白色，可能那是鸽子粪吧。

　　房檐下面的影像非常奇妙，和树木不像，和草更不像。从感官角度来说，和岩佐又兵卫①绘的念佛鬼停止念佛而跳舞的样子很像。这些鬼整齐地扭动着身躯，从大殿一端延伸到另一端，他们的影子也是如此。可能是被迷蒙的夜色召唤，他们把钲、撞木和缘簿都丢掉了，约好了一起到这山寺里来舞蹈的吧？

近距离观察才发现那是有七八尺高的庞大的仙人掌，就像把和丝瓜差不多大的青黄瓜压扁成水勺子一样的形状，然后将勺柄向下放置，一片片接到一起的形态。我不知道这些勺子要接到多少才结束。好像要在短短的时间内从庇檐穿过，和屋脊上的瓦片相连接。这些勺子一定是突然从哪里飞过来，猛然连接到一起的。老勺子不可能生出小勺子，然后经过岁月的变迁，小勺子又慢慢长大。勺子和勺子的连接非常突兀。在世间，我们极难看到这种可笑的植物，而且显得非常淡定。听说有人问一个和尚怎么样

---

① 岩佐又兵卫（1578—1650），江户初期画家，名胜似，在人物风俗画方面有专长。

才能成为佛,他答道,庭前柏树子。如果有人问我同样的问题,我会马上这样回答他:"月下霸王树。"

小时候读晁补之①游记,直到现在还可以把这样的句子背出来:

> 于是九月,天高露清,山空月明。仰视星斗皆光大,如适在人上。窗间竹数十竿相摩戛,声切切不已。竹间梅棕,森然如鬼魅离立突髻之状。二三子又相顾魄动而不得寐。迟明,皆去。

我反复吟诵着,情不自禁笑了出来。因为时间和场合的关系,这仙人掌也会使我受到震动,只要发现我,就会驱逐我吧?手指在触碰到它的刺时,会有些疼。

石板路走完以后,拐到左边就到了僧房。僧房前边有

---

① 晁补之(1053—1110),宋人,"苏门四学士"之一。著有《鸡肋集》和《琴趣外篇》,此处引文见《新城游北山记》。

一棵树干大概有一围抱粗的大木兰,从房顶上越过去。抬头看向上面,上面是层层叠叠的树枝。再往上是一个月亮。通常情况下,树枝只要交叉在一起,仰视就看不到天日,假如有花,情况就更加严重了。可是木兰的枝条就算再交叉,枝与枝之间仍然有缝隙的存在。木兰不会随便长一些细枝出来,以让站在树下的人的眼睛觉得迷惑。它的花也开得很好,举目远眺,一团团、一簇簇,很是好看。虽然我们无法知道这一朵到底和哪一簇连在一起,又在哪个枝条上开着,可是,一朵花依然是一朵花,从花朵的缝隙之间可以清楚地看到湛蓝的天空。当然花不是纯白色的。如果只是单纯的白色会让人觉得寒冷:专注的白色更能吸引人的眼球。而木兰的颜色却并不是如此。她有意把单纯的白色躲开了,加了一些暖意的淡黄色进去,彰显出谦逊和郑重。我站在石板路上,抬头看着那累累花朵在空中漫无边际地开放着,一时间有些恍惚。眼里除了花,还是花,看不到一片叶子。于是吟得一首俳句:

仰首望木莲，白花映碧空。

这时，不知道从哪个地方传来鸽子的鸣叫。

我走到僧房里面，僧房门是开着的。这里好像是个太平王国，当然更听不到狗吠声。

"有人吗？"

我问了一句。可是没有得到回应，里面安安静静的。

"不好意思。"

耳边只传来咕咕的鸽子叫声。

"不好意思！"

我把声调拔高了一度。

"噢噢噢噢。"

有人在很远的地方给了我回应。这种回应是不会在普通人家家里听到的。没过多久，就有脚步声传过来了。屏风后面有纸烛的光亮在闪烁。忽然有个小和尚来了，原来是了念。

"和尚师父在吗？"

"在，你找他有什么事？"

"你去跟他说，温泉场的画家来了。"

"画家先生来啦！请。"

"不用通报吗？"

"没关系。"

我把木屐脱了走上去。

"画家先生真是不注重礼仪啊。"

"什么意思？"

"请摆好木屐，你看这儿。"

他秉着纸烛给我照明。正中是黑柱子，离地面有五尺的距离，有一张写着字的四开的白纸。

"哎，看到了吧，这里写着'注意脚下'呢。"

"知道啦。"

我小心地摆好自己的木屐。

走廊转身的大殿旁边就是老和尚所住的地方。了念毕恭毕敬地把格子门拉开，毕恭毕敬地在门槛上蹲下来，说道：

"那个，志保田家的画家来找您啦。"

看到他那副提心吊胆的样子，我忍住了没有笑出来。

"哦，请进吧。"

了念出来了，我进去了。屋室的面积很小，中间有一个地炉，铁壶正发出吱吱的响声。老和尚正拿着一本书坐在对面看。

"啊，请进。"

他把眼镜摘下来，放下了手里的书。

"了念，了——念——"

"哎——"

"拿个坐垫来！"

"听到啦——"

远处传来了念的长腔。

"欢迎欢迎，想来一定很孤单吧？"

"月亮很美，专门出来放松一下心情。"

"月亮确实很美。"

他把格子门拉开。外面只有两块飞来石和一棵松树,其他什么都没有。庭院对面似乎和悬崖紧紧挨着,眼前突然出现月夜里迷蒙的海面。我马上觉得心胸开阔起来。星星点点的渔火,处处释放着光彩,远处已经和天际连在一起,可能会化作星星吧。

"和尚师父,这里的风景这么美,你把门关着太浪费了。"

"是啊,可是我每晚都会看。"

"不管看多长时间,这景色都还是那么美,换作是我,即便要我不睡觉都可以。"

"哈哈哈。画家和我就是不同啊。"

"在观赏美景时,和尚师父就是画家。"

"说的有道理。我也会画一些画,如达摩像一类的。看,那里就挂着一幅很精彩的画,是前辈画的。"

果然如他所说,小小壁龛里有一幅达摩像挂在那里,可是作为一幅画,依然显得不够出色。只是摆脱了庸俗,没有刻意遮羞之处。这幅画很真诚。我想,这位前辈可能就像这幅画像一样,是个很随性的人吧。

"这幅画很真诚啊。"

"我等所画的画,可以画成这样就不错啦。只要可以把气象表达出来就行……"

"远远好过那种工巧而庸俗的画。"

"哈哈哈。过誉啦。请问,最近画家里有博士吗?"

"画家不存在博士这一称呼。"

"噢,是吗?上次我好像遇到了一位博士。"

"哦?"

"博士是不是都非常厉害啊?"

"嗯,是的。"

"画家里没有博士吗?应该有才对啊!"

"那照你这么说,和尚师父这一行也应该有博士才对。"

"哈哈哈,说的也是。我遇到的那个叫什么名字来着?名片我一时找不到了……"

"是在哪里遇到的?东京吗?"

"不，在这里。我已经二十年没有去过东京啦。听说最近电车也通了，还真想去坐坐呢。"

"那种东西太没有意思了，太吵了。"

"是吗？常言说得好：'蜀犬吠日，吴牛喘月。'像我这种没有见过世面的人也许还会觉得不习惯呢。"

"不是不习惯，是没意思。"

"真的是这样？"

壶嘴一直朝外冒热气，和尚把茶碗拿出来给我泡茶。

"喝一盅粗茶吧。尽管这茶不如志保田老爷家的清甜。"

"不，我觉得很好。"

"你这样天天到处奔波，就是为了画画吗？"

"嗯，只是背着画具四处走走，即使不画也没有关系。"

"哈，那么说有一半不是因为画画？"

"是啊，这样说也没错。因为我不乐意人家给我计算放了多少屁。"

尽管他是个禅僧，可是他也不懂我为什么这样说。

"放多少屁？这句话是什么意思？"

"长时间待在东京，就会有人来计算放了多少屁。"

"为什么？"

"哈哈，不单单对放屁的次数进行计算，还要分析屁，研究屁眼子是什么形状的，真是多此一举。"

"噢，是检查卫生的吗？"

"不是检查卫生，是破案的。"

"破案的？原来是这样。那就是警察喽？到底是警察还是巡查？究竟有什么意义？为什么一定要出现这一行？"

"是啊，画家根本不需要他们。"

"我也不需要。我从来没找巡查帮过忙呢。"

"对啊。"

"可是，不管警察对放屁的次数如何计算，都无所谓啊。只要自己为人正直，不做坏事，就算警察再多，也对你无计可施啊。"

"为了一丁点事儿就请他们处理，真是让人无法忍受。"

"我当小和尚时,前辈经常叮嘱我:'一个人在日本桥中央站着,将所有脏器都裸露在外也不觉得羞愧。只有这样才算修养有道。'你也应该用心修行啊。最好先不要想旅行一类的事了。"

"如果做个纯粹的画家,我什么时候都可以。"

"好,那就做个纯粹的画家吧。"

"如果有人计算你放了多少屁,不是很不好吗?"

"哈哈哈。跟你说啊,你现在所住的志保田家的那美姑娘,出嫁以后又回到了娘家,看什么都觉得不对劲,终于来向我求佛问法了。这段时间已经有所成效了。你看,她现在已经变成了一个明事理的女子啦。"

"没错,我觉得她确实不是一个普通的女子。"

"她是个机敏的女子。——因为她的关系,来我这里修行的年轻和尚泰安,也遇到了穷明大事的因缘——变得有学识起来。"

安静的庭院里,地上倒映着松树的影子。晦暗的光隐隐约约地闪烁在远处的海面上,像是和天上的光亮相呼应，又不像是在和天上的光亮相呼应。渔火一时亮一时灭。

"请看那松影。"

"好美啊！"

"只是很美吗？"

"是的。"

"不仅很美，而且吹过一阵风也不要紧。"

我把茶碗里余下的苦茶都喝完，把茶碗倒扣在茶盘里，站了起来。

"我把你送到门口吧。了——念——客人要走啦！"

主人把我送出僧房，耳边还有咕咕的鸽子叫声。

"鸽子最讨人喜欢了，我只要拍手，它们就会飞过来。我表演给你看看。"

月色越来越清明了。木兰花开得正好，朵朵云霞都被送上高空。寂静的春夜，和尚猛然拍了一下手，这声音随风飘向了远方，没有见到一只鸽子飞下来。

"不飞下来吗？就快了。"

了念看了我一眼,忍住没有笑出声。和尚觉得即使到了晚上,鸽子的眼睛也能看得很清楚,他还真是个开朗的人呢。

我在山门旁辞别了两人。回头望望,石板上落下一个大圆影和一个小圆影,先后回到僧房,之后就看不见了。

十二

　　印象中奥斯卡·王尔德曾经说过这样的话，基督是非常具有艺术家气质的人，基督我不清楚，可是的确可以这样称呼观海寺的和尚。这并不是因为他是个很有趣的人，也不是说他对时势看得很清楚。他将那幅连叫作画的资格都没有的达摩像挂出来，还自诩画得不错。他觉得画家中也有博士。他相信即便到了晚上，鸽子的视力也很好。虽然是这样，我依然认为他有艺术家的资格。他豁达大度，如同一个深不见底的布袋，没有任何阻碍。他行动自由，恣意为之，腹内一点污物都没有。假如他的思想里可以感受到一点有意思的东西，他就会马上与之融为一体。即便在这俗世间，他也依然是一个艺术家。而当有人计算我放了多少屁时，我就不是一个画家了。我可以面对画架，把调色板拿在手里，可是却不能称为一个画家。我来到无名的山乡，让自己委身于这春意盎然的景色里，艺术家的气质才在我身上显现。只要进入这样的境界，我才会拥有天下的美。就算不染尺素，不涂寸缣，我依然是一名优秀的画家。尽管从技法上来说，我比不上米开朗琪罗，从工巧上来说，我比不上拉斐尔，可是从艺术家人格的角度来说，我却可以和古今中外大家相媲美。自从我到这个温泉场来了以后，我还一幅画都没有画过。我只觉得自己醉意朦胧地背着画箱。可能有人会讥讽我："你这是什么画家？"不管他人怎么嘲笑我，现在的我不是一名真正杰出的画家。可以达到这种境界的人，也许不会有名画问世，可是有名画问世的人一定可以达到这样的境界。

吃过早饭以后，我把一支"敷岛"香烟悠闲地夹在手上开始抽,持续思考下去。太阳已经升得老高了。把窗子打开,远望后山,葱翠的树木明澈、鲜亮。

我一直觉得宇宙里最有意思的研究对象包括空气、物象、色彩之间的关系。究竟是以物为主,把空气表现出来,还是以物为主,把空气画出来,抑或以空气为主,把色和物都彰显出来呢?用多种情调可以将作画时的一种心情表现出来。因为画家本身喜好的不同,这些情调也会有所不同。这是毋庸置疑的。主动被时间和地点所约束也是理所当然的。出自英国人之手的山水画都是模糊的,这样的画才受到人们的喜爱,就算有人喜欢清晰的画,采用那样的空气也是画不出来的。而古道尔[①]这样的英国画家却在设色上不同以往。应该是不同的。尽管他也是英国人,可是却不将英国景色入画。他不画他的故乡。相比本国,空气极其透明的埃及或波斯的景色才是他的选择。所以,别人一看到他的画就会觉得惊讶。这些画色彩鲜明,人们

[①] Frederick Goodall(1822—1904),英国画家。

不禁开始怀疑，英国人也可以把这种明快的色彩画出来吗？

个人喜好我们是没有办法的，可是，假如想把日本山水表现出来，那么我们就必须把日本固有的空气和色彩画出来。无论法国的画多么高超，假如临摹其色彩，也不能就此说变成了日本的景色。我们仍然要和自然来个亲密接触，不间断地对云容烟态进行研究，把一种色彩确定下来以后，马上把三脚架扛在肩上描绘下来。色彩变化太快了，如果没有把握好时机，就很难再看到同样的色彩。现在我目光所及的山头上，就处处是平时很难见到的美好色彩。既然我专程赶到这来了，就实在不应该错过这美景。我把它画下来吧。

把格子门打开，走到走廊上，只见那美姑娘就在对面楼上倚门而立。她的脖颈缩着，我只能看到侧影。我想问候一下她，可是却发现那女子垂着左手，右手飞快地舞动着，胸前闪过一道亮光。突然听到嘎啦一声，人影闪电般消失了。女子左手拿着一把九寸五分长的白色刀鞘，她跑到门后躲着了。我从寓所出来，似乎一早上就欣赏了一场歌舞伎表演。

出门拐向左边，马上沿着一条山坡险道爬向上面。到处可以听到黄莺的鸣叫声。左首一带平缓倾斜至山谷，橘树遍地。右首有两个低低的山冈并列着，好像这里只有橘树这一种林木。几年前，我曾经来过这里。印象中也很麻烦，反正是个挺冷的时节。那时我第一次看到橘子树遍布橘子山的情形。当时，我对一个采橘人说："我想买一些。"他说："请拿，随便拿多少都行。"说完，开始哼唱小曲。我想，在东京连橘皮都必须跑到药店里才能买到。晚上，不时有枪声响起。我很疑惑，后来得知是猎人在打野鸭。那时我根本不知道那美姑娘。

如果让那女子去当一名演员，她肯定是一个非常优秀的小旦。一般的演员在舞台上装腔作势，而那女子每天都在家里自然而然地演戏，根本没有察觉到自己是在演戏。那样的生活才能真正称为美好吧。多亏了她，我在绘画上的修养也提升不少。

只有把这女子的行为看作是演戏，才不会让人觉得毛骨悚然，才能继续住下去。假如把义理和人情当作一般理论依据，站在一般小说家的角度来对这女子进行研究，就会觉得她带给人过于强烈的刺激，而马上对她生厌。在现实世界上，假如我和这位女子关系缠绵，我就很难找到语言来形容我的伤悲。我的这次旅行，打定主意要把世俗之情抛到一边，做一个真正的画家。所以，对于所有看到的东西，都必须看成画图，都必须视其为能乐、戏剧或诗中的人物加以研究。如此来看待这个女子，就会觉得在我所见过的所有女子中，她的行为最美好。就是因为她没有刻意向人呈现自己的表演，因此和演员相比，她要迷人得多。

对于拥有这种想法的我，请你不要产生误会，觉得作为社会公民的我也欠妥当，那就太没有道理了。行善难，施德难，难守节操，为义而舍命太惋惜。换作任何一个人，如果打定主意要做这些事，都是很难受的。要敢于和这种痛苦相对抗，心底深处就必须隐含着把这种痛苦战胜以后的快乐。画呀、诗呀、戏剧呀，都是包含在这种痛苦之中的快感的另一种叫法。对其中的趣味有所了解，才能使我的作品变得大气、典雅，才能排除所有艰难险阻，对胸中仅有的一点高尚趣味加以满足，才能抛开肉体的痛苦，对物质上的不便之处予以忽视，鞭策一颗勇敢的心，为了维护人道而甘愿受鼎镬之烹。如果是站在人情这一偏狭的立场定义艺术，那么可以说，艺术隐藏在像我这样教养较高的人的心里，它是扶弱惩强、惩恶扬善的坚定信念的成果，如烈日一般熠熠生辉。

有时嘲笑某人刻意演戏；嘲笑他为了达到美好的意境而付出了一些不值得的代价，是和人情不相符的行为；嘲笑他不愿意安静等待把美好性格发挥出来的机会，而只是迫切想要把自己的趣味观展现出来，是非常不明智的行为。嘲讽他人的人假如可以对其中的滋味有所了解，也许说出来的话会有一定道理。如果是个对趣味完全不懂的普通人，用自己本就不高明的观点去轻蔑他人，这是得不到许可的。之前有个青年，把一首《岩头吟》留下来，然后一跃从五十丈高的飞瀑跳下去，坠入深渊。在我看来，那位青年就是因为一个"美"字而把宝贵的生命放弃了。死的的确很豪壮，我们却很难理解他为什么死。可是，还没有体会到死的豪壮的人，为什么要嘲笑藤村子[①]的行为呢？我觉得，就是因为他们没有体会过豪壮之死的乐趣，就算面临的事情是得当的，他们也不会这么豪壮地死去。在这一点约束上，他们的人格远远比不上藤村子高贵，他们根本没有资格嘲笑他。

我是画家，就因为我是画家，所以才会对趣味如此注重，哪怕坠入世俗世界，也远不是那些东西两邻昏庸之辈可以比的。作为社会的一员，完全可以站在教育他人的位置上，和那些对诗、画一窍不通的人相比，和那些对艺术不感兴趣的人相比，更易产生出美的行为。在世俗世界里，美的行为是通过"正""义""直"表现出来的。行

[①] 藤村操（1886—1903），旧制第一高等学校学生。1903 年 5 月 22 日在日光华严瀑布投水自杀。作者是该校的英文教师。

为上把"正""义""直"表现出来的人就可作为天下公民的楷模。

我短时间从世俗世界离开了,最起码在行旅之中,不需要再回到世俗世界中了。要不然,这次旅行就完全没有意义了。我应该从世俗世界里,把浓重的尘沙掀开,只把目光聚焦在遍布底层的夺目的黄金上。我并不觉得自己是社会的一员。作为一个专门的画家,包括自身在内都不再和悱恻的利害的牵绊有关系,在画面之中悠然来回,就更不用说景物和他人了。所以,我也就只是看看那美姑娘的行为,没有其他的奢求。

半里多山路爬完以后,对面出现一带白墙。我想这就是橘园中住的人吧。很快,道路就一分为二了。沿着白墙旁边拐向左边,一个身穿红裙的姑娘走上前来。慢慢看清楚她身上的红裙了,褐色的小腿露了出来。小腿越来越清晰,脚上是一双草鞋,这双草鞋慢慢往上走。几朵山樱的花落在她的头上,一片光彩夺目的海落在她的背上。

把这段山路爬完以后，我来到山上一块平地，这块平地是突出来的。北面是连绵起伏的春峰，也许就是今天早上我从走廊上眺望过的那座山吧。南面很开阔，大概有十五六丈宽，最下面是险峻的悬崖。崖下就是才走过的遍布橘树的山。透过林子看向对面，出现在眼前的不再是碧绿的大海。

有好几条路，有时合在一起，有时又分开，如此往复，实在让人弄不清究竟哪条才是主干道。每一条既是路，又不是路。草丛中，不时可以看到黑红的地面，连着某条路变幻着，特别有意思。

我徘徊在草丛中，想坐下来休息一会儿。原本从走廊中看到的景色可以入画，走近了才发现凌乱不堪，色调也不再是从前的样子了。我漫步在草地上的时候，已经没有心思再作画了。既然不画画，那就随便坐吧。草地被春日的阳光照射着，吸收了不少温暖。我坐了下来，觉得仿佛把眼前模糊的春霭给搅和了。

脚下，海跳动着动人的色彩。天上一丝游云都没有，春晖径直洒向水面，暖融融的气息好像不自觉间沉入了波底。海面上碧绿碧绿的，就像用刷子刷过一样，像白金一样的细鳞密密麻麻的，欢快地跳动着。辽阔的天下沐浴着春日的光辉，这天下把辽阔的水面集结到一块，水面上的白帆看上去小得可怜，而且这些白帆都是静止的。曾经入贡的高丽船从远方驶过来时，可能就是这种情形吧。此外的这个光怪陆离的世界，只有阳光的世界和沐浴在太阳光辉下的海的世界。

我一骨碌躺下去，帽子从前额一下子溜到后脑勺去了。小株的木瓜随处可见，比草丛高一二尺，枝叶很茂盛。我的面前就有一棵。木瓜这种花非常有意思，枝条硬邦邦的，不会弯曲。那么是不是挺直的呢？不，完全不是，而是一根根直直的、短短的树枝相互衔接在一起，倾斜成一定的角度，组成一棵完整的树。花朵和白若红很像，悠然自在地开放，把俊朗的叶子衬托出来。如果予以鉴赏，就会发现在花中，既愚且悟者就是木瓜。世间有守拙的人，这种人到了来世肯定会变成木瓜。我也想变成木瓜。

　　小时候，我曾经切开过长叶的木瓜，弯成树枝一样的形状，做成一只笔架，在上面搁上二分五厘钱买的小笔，然后摆放在桌子上。花叶之间隐隐约约可以看到白色的穗子，让人心旷神怡。第二天一起床，我就径直奔向桌前，花叶已经枯了，只剩下白穗依然闪烁出动人的光芒。怎么就一个晚上的工夫，如此美丽的东西就枯萎了呢？那时，我真是无法理解。现在想想，那时候还真有些超脱呢。

　　一躺下来，我的目光就聚集到了这木瓜身上，二十年来，我们一直相依相伴。看着看着，我的神志开始模糊，心情也愉悦起来。于是，诗兴又来了。

　　我躺在地上思考着，每想出来一句就在写生本上记下来，很快就写好了。我从头开始读：

　　　　　　出门多所思，春风吹吾衣。
　　　　　　芳草生车辙，废道入霞微。
　　　　　　停筇而瞩目，万象带晴晖。

听黄鸟宛转，观落叶纷霏。

行尽平芜远，题诗古寺扉。

孤愁高云际，大空断鸿归。

寸心何窈窕，缥缈忘是非。

三十我欲老，韶光犹依依。

逍遥随物化，悠然对芬菲。

啊，可以了，可以了，写完了！这首诗把躺着看木瓜和将俗世抛到一边的感情很好地表达出来了。木瓜、大海都没有出现，可是感情却表达出来了。我正沉浸在这种愉悦的心情中，突然有人用力咳嗽了一声，我不由得吃了一惊。

我翻身望向声音传来的方向，一个男子从山岩绕过去，从杂木丛中现身。这人戴着一顶已经塌陷的茶色礼帽，帽檐斜向一边。他的眼珠不停地转动着，可是我却不清楚他那是一副什么样的眼神。腰间扎着蓝布条纹长衫的下摆，赤脚穿着木屐。如此打扮让人猜不透他的身份。如果只看他那满脸络腮胡，他定是个村野武夫。

男人正准备沿着山道往下走，到拐弯的地方又折了回来。我估摸着，这次他要原路返回了，谁知道我预料错了。他又转过身来。在这片草地上，会这样徘徊的人，除了散步的人，找不出其他人了。可是看他那样子，一点都不像散步的呀。而且这附近也不可能住着这样一个男人。他时不时停下来，脑袋歪向一边，有时望向四周，或者低头思考一会儿。看他那样，应该在等待什么人。我实在猜不出来他想做什么。

我的目光一直聚焦在这个局促不安的男人身上。这不是因为我怕他，也不是因为我想让他入画，只是觉得要一直看着他。随着这个男人的转动，我的眼睛也时而向左，时而向右。忽然，他停了下来。正在这时，我的视线里出现另一个人物。

这两个人好像认识彼此，他们慢慢靠近了。我的视野范围也越来越小，最后汇聚在一个狭小的地方。两个人面向春海，背对春山，紧紧靠在了一起。

当然，男子还是那个村野武夫，而另一个人物呢，是一个女子，是那美姑娘。

当那美姑娘的身影出现在我的眼前时，我的脑海里马上涌现出早晨那把短刀。难道此时此刻，她的腰间还揣着那把短刀？一想到这，连非人情的我也觉得胆战心惊。

两个人就这样对立着，安静地站了许久，嘴里可能说着什么，可是一点声音都听不到。过了一会儿，男人低下了头，女的朝山那边看去，她的面孔也离开了我的视线。

山头黄莺鸣啭，女人似乎沉醉在莺声中。过了好长时间，男子突然把头抬了起来，半旋着足跟，和平常那副样子大不相同。女人突然敞开胸怀，又朝海的方向转过去，那把短剑好像也在腰带间露出来。男子大步走开，女人穿着草鞋，追了他几步。男子停了下来，看上去是女子叫住了他。在他回头的一瞬间，女子的右手朝腰间伸去，好危险哪！

她突然把一个像钱包一样的东西拿了出来，而不是那把"九寸五"。她用白皙的手把东西递给他,一根长带子飘拂在春风中。

她一只脚迈了出去,手从腰间斜着伸向上面,一只紫色的小包被白皙的腕子托举着。这个姿势入画再合适不过了。

那紫色的小包就作为画面的分界线,中间离两三寸远的距离,再把一个转身的男子画上去。这样布局太精巧了。这一瞬间的场景可以用不即不离来形容。女子的姿态好像是要拉回前面的人,男子的姿态好像受到一股力量的牵引。事实上他们彼此之间没有任何牵扯,因为那紫色的钱包,二人之间断了联系。

两人就这样保持着美妙的、和谐的姿势,而且,两人不管是面孔,还是服饰都对比强烈,看作一幅画的话,意味深长。

一个膀大腰圆、肤色黝黑、一脸胡须;另一个长裙削肩、长相清秀、惹人怜爱。一个是龌龊粗暴、脚踩木屐的村野武夫;另一个是即便穿着粗衣依然显得风姿绰约、体态轻盈的柔弱女子。一个人的打扮是头戴茶色破帽、腰间扎着褴衫；另一个人的打扮是鬓发光洁、锦绣华服。所有这些，作为绘画的题材都是极好的。

男的伸手把钱包接过来，两人之间再没有那种不即不离的姿势。女的没有什么好牵连，男的也没有被什么牵连。直到今天，我这个画家才发现，对于一幅画的构思来说，心理状态的影响是多么巨大啊！

两个人向左右两边各自散去，双方在感情上已经失去了维系，作为一幅画也不完整了。走到杂木林路口，男的回了下头，可是女的没有，只是径直朝我这边走过来，很快就来到我面前。

"先生！先生！"

她一连叫了两声。太匪夷所思了，我是什么时候被她发现的呢？

"怎么了？"

我把头从木瓜树下伸出去，帽子掉在了草地上。

"您在这里做什么？"

"我躺着写诗呢。"

"您没有说实话,刚才发生的一切,您都看到了吧?"

"刚才,你是说刚才发生的事?我稍微看到了一点。"

"呵呵,为什么要稍微地看,您可以好好看啊!"

"我的确看清楚了。"

"请过来一下,从木瓜树下走出来。"

我战战兢兢地从木瓜树下走出来。

"您还要在木瓜树下办事吗?"

"没有了,我想回去。"

"那好,我们一起吧。"

"好。"

我又战战兢兢地回到木瓜树下,把帽子戴上,画具收拾好,和那美姑娘一起从草地走出来。

"您画画了吗?"

"没有画成。"

"您来到这里,一幅画都没有画吗?"

"是的。"

"您是特地跑过来画画的，现在却一幅画都没有画出来，您不会觉得心里空落落的吗？"

"不会。"

"是吗？那是为何？"

"为什么？不会空落落。不管画不画，我都不会觉得空落落。"

"您在说幽默话啊，呵呵，您的性子还真乐观。"

"既然到这样的地方来了，一定要乐观一些才好，要不然就太无趣了。"

"无论到哪里，都必须保持乐观才行。即便刚才那样的事情被人看到了，我也不会觉得不好意思。"

"没有什么不好意思的。"

"是吧，您看到刚才那个男人有什么想法吗？"

"我觉得他应该没什么钱。"

"呵呵，您说得没错！您真是个高超的相面先生。那男的家庭条件很差，在日本生活不下去了，是来找我要钱的。"

"哦,他来自哪里?"

"城里。"

"原来来自很远的地方啊,那么他要去哪儿呢?"

"听说要去满洲。"

"去做什么呢?"

"去做什么,我也不清楚,总归不是去捡钱就是去送命的。"

这时,我抬头看了女子一眼。她嘴角上慢慢不见了那抹淡淡的微笑。我不明白她是何意。

"他是我的丈夫。"

女子突然砍下这一刀来,让我受到了惊吓。我当然没有料到她会这样说,可能她自己也没有想过要如此坦诚。

"怎么样,您听了是不是很吃惊?"女子说。

"嗯,的确有些惊讶。"

"不是现任丈夫,是前任丈夫。"

"难怪,那么说……"

"就是这些。"

"是吗?我在那山上的橘树园里看到一幢很美的房子,那地方真不错,究竟是谁住在那里呀?"

"我哥哥住在那里,回去时我们可以顺道去看看。"

"你有事吗?"

"嗯,他们拜托我做些事情。"

"那就一起去吧。"

走到山路口,没有下山去往村子里,而是马上向右转,又走了三十多丈远的距离,一扇门出现在我的眼前。从大门进去以后,没有直接到正屋去,而是从院子绕过。那女子肆无忌惮地在前面走,我也昂首阔步地在后面走。朝阳的庭院里,有三四棵棕榈树,围墙下边和橘子园紧紧挨着。

女子坐在走廊的一端,说:

"请看,这里景色多好啊。"

"真美啊!"

房门内一点声音都没有,女子看上去也没有打招呼的意思,她只是安静地坐着,专注地看着橘子园。我有些纳闷，不明白她到底有什么打算。

两人都沉默着，只是眺望着下面的橘子园。快中午了，整个山坡都沐浴在太阳温暖的光辉下，橘树叶子经过太阳的炙烤，闪耀着夺目的光彩，让人无法直视。没过多久，后面库房里响起雄鸡的叫声，喔喔，喔喔……

"哦，已经中午，我都给忘了。久一，久一！"

女子弯下腰，一下子把关得紧紧的格子门拉开。里面的空间很大，大概有十铺席那么大，两联狩野画派①的作品挂在春季的壁龛里。

"久一！"

库房那边终于听到了回音。脚步声停在了格子门对面。门突然拉开，就在这一瞬间，铺席上出现一把白鞘短刀。

"给，因为你要远行，这是你伯父送你的礼物。"

我完全没有察觉到她是什么时候把手伸到腰间的。

---

① 狩野正信（1434—1530）开创的画派。画风豪迈、绮丽。

那把短刀在地上划拉了几下,就安静地滚到了久一的脚边。刀鞘太松,以至一寸多长的刀子都露了出来,甚是吓人。

十三

久一被船送往吉田车站。同行的还有送行的老人、那美姑娘、那美姑娘的哥哥、看管行李的源兵卫,再加上一个我。当然,我只是陪衬而已。

让我去当陪衬,我就去,也不想思考这样做有什么意义。在非人情的旅行中,不用想那么多。船好像就是个加了边儿的筏子,船底是平的。老人在船中央坐着,我和那美姑娘在船尾坐着,久一和哥哥在船头坐。源兵卫一个人在一边负责看着行李。

"久一，你喜欢打仗吗？"那美姑娘问。

"没亲眼见过，我怎么知道呢？我想，痛并快乐着吧。"毫不了解战争的久一回答道。

"不管多么苦都是为了国家。"老人说。

"你现在有了这把短刀，就想体验一下打仗吧？"女人提的问题真是奇怪。

"说的没错。"久一没有否认。

老人捋着胡子笑了。哥哥似乎充耳不闻。

"你这么文质彬彬的样子，能打仗吗？"

女子浑然不在意地靠近久一。久一和哥哥对视了一眼。

"那美如果去当兵，一定非常勇敢。"

哥哥对妹妹说的第一句话就是这样的。听语气，不像是戏谑。

"我吗？我去当兵？如果我可以当兵，我早就去啦，现在也早就不在这个世上了。久一，你最好还是死了，要不然活着回来别人会怎么议论啊。"

"你在胡说什么,平安得胜回来最好。只想着死,对国家有什么意义。我还要再多活几年,等着和你再见一面。"

老人的话音拖得老长,尾音几乎听不到了,最后化作沉默的泪水。因为是一个男子汉,所以不会放声大哭。久一沉默着,回过头看着河岸。

河岸上有一棵大柳树,一条小船被系在上面,一个男子专注地盯着钓丝。我们的船从他的面前经过时,那人只是抬头看了一眼,和久一正面相对。两人目光交汇时,没有任何情感。那男的只是想着钓鱼的事,久一的脑海里现在连一条鲫鱼都装不下。我们的船安静地从这位钓鱼的男子面前驶过。

每分钟都有好几百个人经过日本桥。如果站在桥畔向过往行人咨询盘踞在心底的纠葛,那肯定会让人目不暇接,深切地感觉到在尘世生活的烦恼。就因为在这里都是萍水相逢,很快又各奔东西,因此才有人愿意站在桥上拿着旗子指挥交通。多亏那个钓鱼的人看到久一那一副垂头丧气的样子，没有想知道原因。我回过头看了一眼，他正安安稳稳地看着浮标呢。也许一直要看到日俄战争结束吧。

河面不是很宽，河水也不深，水流也不急。靠在船舷上，在水上漂流，要漂到哪里去呢？看来一定要到不见春光、人声鼎沸的地方去。这位青年眉间有一点血腥，把我们这么多人决绝地带走了。命运的绳索把这青年带向遥远、昏暗、凄冷的北国。因此，我们这些在某个时间和这青年打了个照面的人，也只能跟着他去了，直到缘分结束。缘分一旦结束，他和我们之间就再没有关系了，他一个人将被不容置疑地网罗在命运中，我们也将不容置疑地留下来，就算再乞求，他也不会再引领我们前行了。

船安静地行驶在水面上，心情非常愉悦。两边的河岸上似乎生长着笔头菜。土堤上柳树的身影随处可见。从柳树的缝隙看过去，草葺的屋顶、被煤烟熏黑的窗子出现在我们眼前，时不时还有雪白的鸭子跑出来，呷呷地叫着朝河里奔去。

柳树之间闪烁着银光,似乎是白桃花。时不时还会有咯嗒的织布声传来。当这种咯嗒声消失的时候,女人咿咿呀呀的歌声从水面上传过来,不知道歌名是什么。

"先生,给我画一幅吧。"

那美姑娘对我说。久一正和哥哥聊着军队的事。不知道什么时候,老人睡着了。

"我给你画一幅吧。"

我把写生本拿出来,在上面写给她看:"罗带春风解,何人而为之?"

女子露出了微笑。

"这样的'一笔画'可不行,我想要看到我的神情。"

"我也很想画,可是你现在这个样子的确不能入画。"

"您太会说话了,那么,您说要如何才行呢?"

"现在倒也行,只是还少了点什么,如果没有把这个画上,就太遗憾啦!"

"哪怕少了点什么,天生就这张脸也没办法呀!"

"天生的脸也可以有很多表情。"

"您是说自己可以不用那么拘束?"

"对。"

"您看我是女人,光调戏我。"

"你是女人,所以才会把这种傻话说出口。"

"好吧,请您给我示范一下各种各样的表情。"

"你只要天天都如此变化就可以了。"

女子安静地看着对面,不知道从什么时候开始,河岸往下垂,差不多和水面在一条线上。举目四望,田野里处处是浓密的紫云英,花瓣火红火红的,经过雨水冲刷以后,形成一片花海,尽情地在霞光里延伸。半空中,一座高峻的山峰昂首屹立,山腰间有柔柔的春云环绕。

"您就来自那座山峰的对面。"

女子把纤纤玉手伸出来,指点着像梦一样的春山。

"天狗岩就在那边吗?"

"那片葱翠下面有一块紫色,看到没?"

"你是说那片日影吗?"

"是日影吗?似乎什么都没有啊。"

"哪里,那是陷进去的,如果什么都没有,颜色还会更灰黄呢。"

"是吗?反正就在那附近。"

"这样说来,靠左边就是羊肠小道啦?"

"对面是羊肠小道,还隔着一重山的距离呢。"

"原来是这样。从地理位置上来说,就在那块淡云萦绕的地方吧?"

"没错,就是那边。"

正在小憩的老人,胳膊肘从船舷滑脱下来,突然惊醒了。

"快到了没?"

他坐直了,把右胳膊肘朝后边弯去,伸直左手,用力伸了个懒腰,趁机表演了一下拉弓的样子。女子不禁笑出了声。

"这个毛病一直没改……"

"看来你对拉弓很感兴趣?"我也笑着问。

"年轻时可以拉到七分五厘呢,到现在胳膊还很稳呢。"

他用力拍拍左肩，船头上依然在热火朝天地讨论战争。

船慢慢驶到一个城镇了。一座酒店出现在眼前，"酒菜"的字样印在半腰格子门上。古色古香的绳门帘、木材场映入我们的眼帘。甚至人力车的声音都传了过来。天空中，有燕子飞舞的身影。鸭子呷呷地叫着。我们一行人下了船，走向车站。

离现实世界越来越近了。凡是可以看到火车的地方，我都将其叫作现实世界。最能代表二十世纪文明的莫过于火车了。几百个人被圈在一个箱子里，然后被拉着前进。它丝毫不顾及人情，在箱子里装着的人都必须和它保持同样的速度前进，在同一个车站停靠，一样被蒸汽的恩泽笼罩。人们说乘火车，我说是被装到火车里面；人们说乘火车离开，我说是用火车运输。火车是最漠视个性的。文明就是尽可能把个性发挥出来，然后再尽可能地对人性进行摧残。让每人拥有几平方米的地面，让你在这块地方随意起卧，这就是如今的文明。而且用铁栅栏把这几平方米的地面圈起来，恐吓你不得越雷池半步，这也是如今的文明。在几平方米的地面希望自由行动的人，也希望可以到铁栅栏外自由行动，这是再正常不过的道理。可怜的文明国民们不分白天昼夜地咬着铁栅栏，嘴里发出怒吼声。文明给人以自由，使之势如猛虎，之后又把你关到铁栅栏里面，以让天下保持和平。这和平不是真正意义上的和平，就如同动物园的老虎看着游客随意躺在地面上的那种和平。要是把铁栅栏的铁棒拔一根出来，世界就会乱成一锅粥了。第二次法国大革命可能就发生于这种时候。如今个人的革命已经如火如荼地铺展开。对于革命爆发的状态，过去北欧的杰出人物易卜生提出过具体的例子。我只要看到火车快速地带着所有人像载着货物一样奔跑，再对比客车里圈着的个人和丝毫不在意个人的人性的铁车，就觉得危险至极。只要不小心，就会有危险发生。如今的文明，到处都充斥着这样的危险。这种危险的一个范本就是在黑暗中冒失往前开的火车。

我在车站前边的茶馆里坐下来，看着艾叶饼，在脑海里琢磨着自己有关火车的那套理论。这不能在写生本上画下来,也不需要告诉别人。我安静地吃艾叶饼,喝茶。

两个穿着草鞋的人坐在对面的折凳上。一个披着红毛毯,一个穿着草绿色裤子,膝头上还有补丁。他的手就在这块补丁上面放着。

"还是很难受?"

"难受。"

"如果像牛一样有两个胃就好了。"

"有了两个胃当然就没有问题啦,大不了切掉一个。"

这位乡下人看上去有胃病,满洲原野上风的腥臭,他们无缘闻到;现代文明的弊端,他们也感受不到。革命是什么?他们可能连听都没有听过吧。可能他们都不知道自己的胃是几个。我把写生本掏出来,把他俩的姿态入画。

车站响起了铃声,已经买好车票了。

"好,走吧。"那美姑娘站了起来。

"走吧。"老人也站了起来。

大家一起从检票口穿过，走到月台上。铃声一直在响。

轰隆轰隆，顺着银光闪闪的铁轨，文明长蛇绵延至此，嘴里还冒着黑烟。

"这就要说再见啦。"老人说道。

"好吧，再见啦。"久一的头低了下去。

"你去死吧。"那美姑娘又把这句话重复了一遍。

"行李到了吗？"哥哥问。

长蛇停在了我们面前。蛇肚子的门都打开了，人们出出进进，久一也随着人流上了车。老人、哥哥、那美姑娘和我都在外头站着。

只要车轮开始转动，久一就离开我们这个世界了。他将去一个很远的世界。那个世界到处是硝烟，人们在火药味中忙碌着，在血液中摸爬滚打。空中有轰隆隆的炮声响起。久一就要去往这样的地方。他站在车厢里，长久地凝视着我们。把我们带到这里来的久一和被带出来的我们，二者的缘分就将在这里结束或者正在这里结束。车厢的门窗都开着，互相凝望着。乘客和被送的人之间只相隔六尺，我们的缘分就要结束了。

列车员关好一个个车门，慢慢朝这边走过来。每把一扇门关上，乘客和送行的人之间就离得又远了一点。没过多久，久一那个车厢的车门也被用力关上了。世界已经被分成了两部分。老人情不自禁地走到车窗旁边，青年把头从车窗里探了出来。

"危险，车要开啦！"

随着一声高呼，铁车决绝地开动了，我们眼前经过一个又一个窗户。久一的面孔越来越小。当我们的眼前划过最后一节的三等车厢时，又有一个面孔从车窗里露了出来。他戴着茶色的破旧礼帽，一脸络腮胡，那村野武夫把头从窗户伸出来，脸上写满了留恋。这时，那美姑娘和这汉子竟然这样相遇了。铁车快速朝前飞奔着，汉子的面孔马上就看不见了。那美姑娘一脸迷茫地看着火车向前奔驰着。她那迷茫的神情里，非常神奇地展现出一种前所未有的怜悯之情。

"对了，对了，就是这副表情，现在可以画画了。"

我轻拍着那美姑娘的肩头，呢喃道。在这一瞬间，我完成了我胸中的画面。